MEMORIAS DE IDHÚN

La Resistencia

LAURA GALLEGO GARCÍA

Búsqueda
Primera Parte

Guión: Andrés Carrión Ilustraciones: Estudio Fénix

sm

Primera edición: abril 2009
Segunda edición: junio 2009

Dirección editorial: Elsa Aguiar
Coordinación editorial: Paloma Jover

Impresores, 2
Urbanización Prado del Espino
28660 Boadilla del Monte (Madrid)
www.grupo-sm.com

Atención al Cliente
Tel.: 902 12 13 23
Fax: 902 24 12 22
e-mail: clientes@grupo-sm.com

ISBN: 978-84-675-3525-9
Depósito legal: M-22.380-2009
Impreso en España / Printed in Spain
Imprenta: Impresión Digital Da Vinci

SILKEBORG, DINAMARCA.
LLEVO TODO EL DÍA CON ESTE MALDITO PRESENTIMIENTO.
MI FAMILIA ESTÁ EN PELIGRO.
SÉ QUE ES ABSURDO, PERO...
...TENGO QUE LLEGAR A CASA CUANTO ANTES...
...Y COMPROBAR QUE TODO ESTÁ BIEN.

I. JACK
¿JOKER?
NO OIGO LOS LADRIDOS DE JOKER...
JOKER
QUIZÁS ESTÉ EN EL BOSQUE...

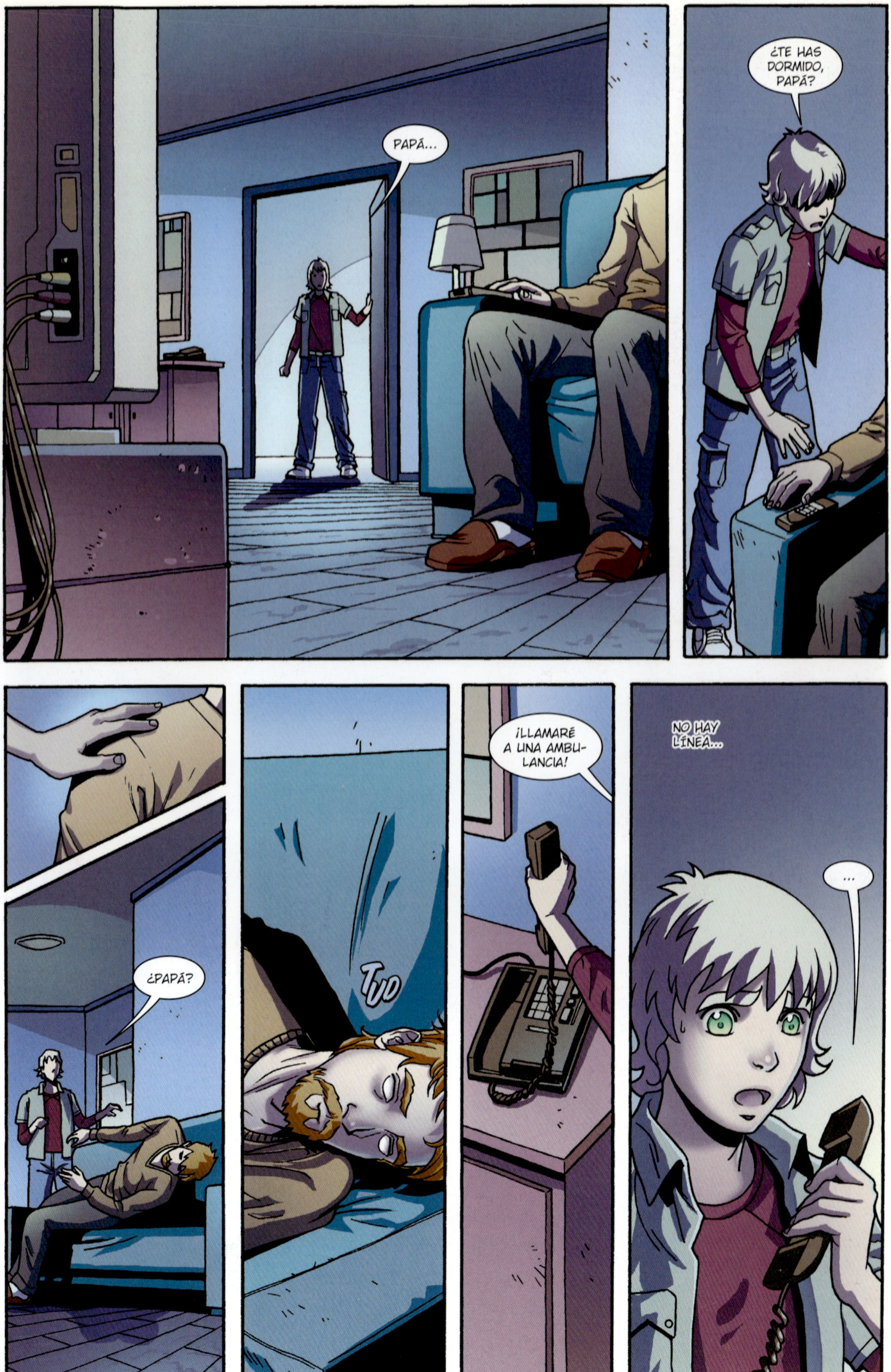
PAPÁ...
¿TE HAS DORMIDO, PAPÁ?
¿PAPÁ?
TUD
¡LLAMARÉ A UNA AMBU-LANCIA!
NO HAY LÍNEA...
...

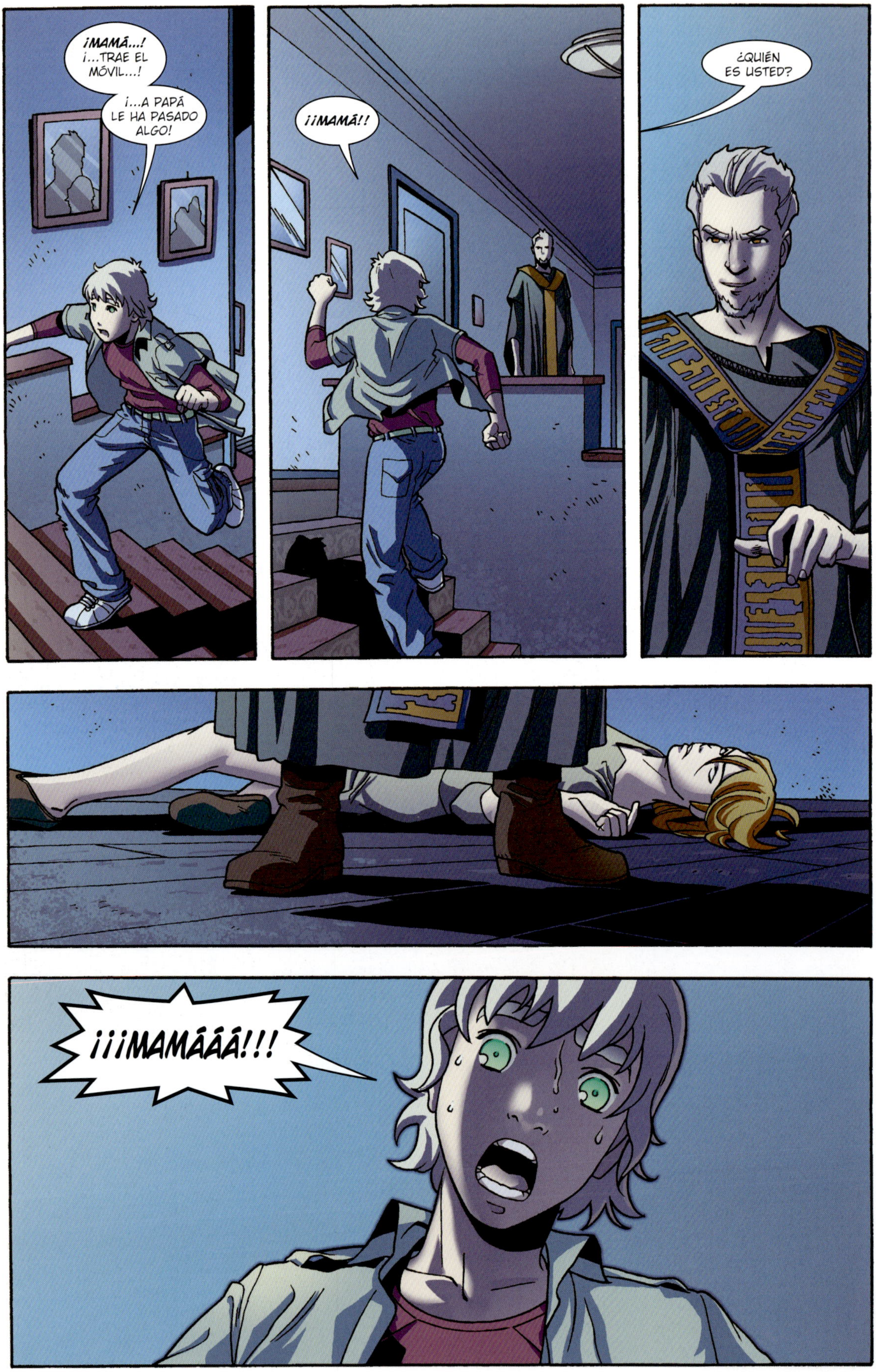
¡MAMÁ...!
¡...TRAE EL MÓVIL...!
¡...A PAPÁ LE HA PASADO ALGO!
¡¡MAMÁ!!
¿QUIÉN ES USTED?
¡¡¡MAMÁÁÁ!!!

TSHHHHH
¡¡NOO!!
PFASHH
HA ASESINADO A MI FAMILIA.
TENGO QUE ESCAPAR Y LLAMAR A LA POLICÍA.
TUDH
PUUM

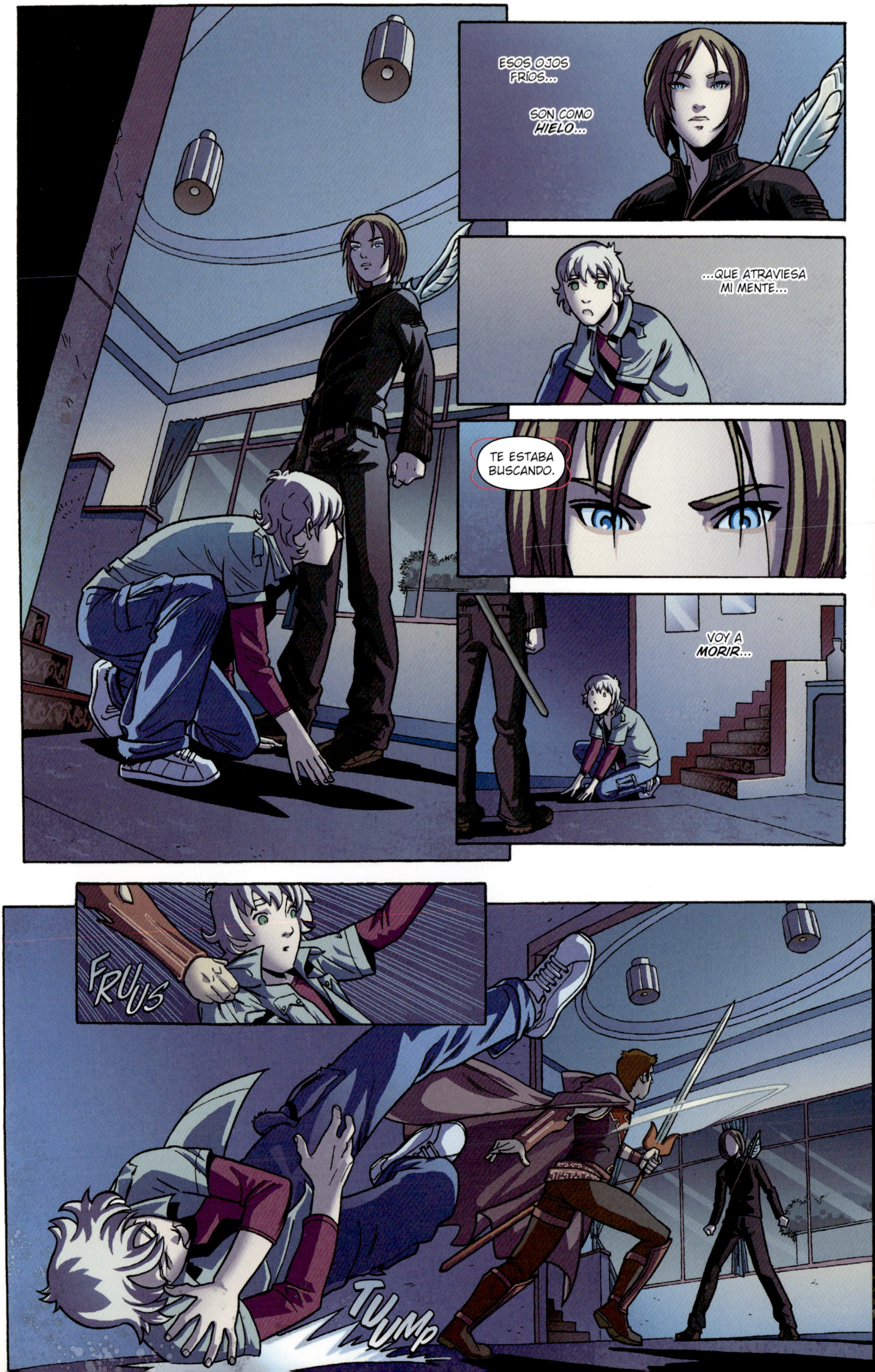
ESOS OJOS FRÍOS...
SON COMO HIELO...
...QUE ATRAVIESA MI MENTE...
TE ESTABA BUSCANDO.
VOY A MORIR...
FRUUS
TUUMP

ZING
CLANK
CRUNCH
CRAASH

¡NO...!
SHHH...
POR FAVOR, AYÚDAME... MIS PADRES...
CLANK

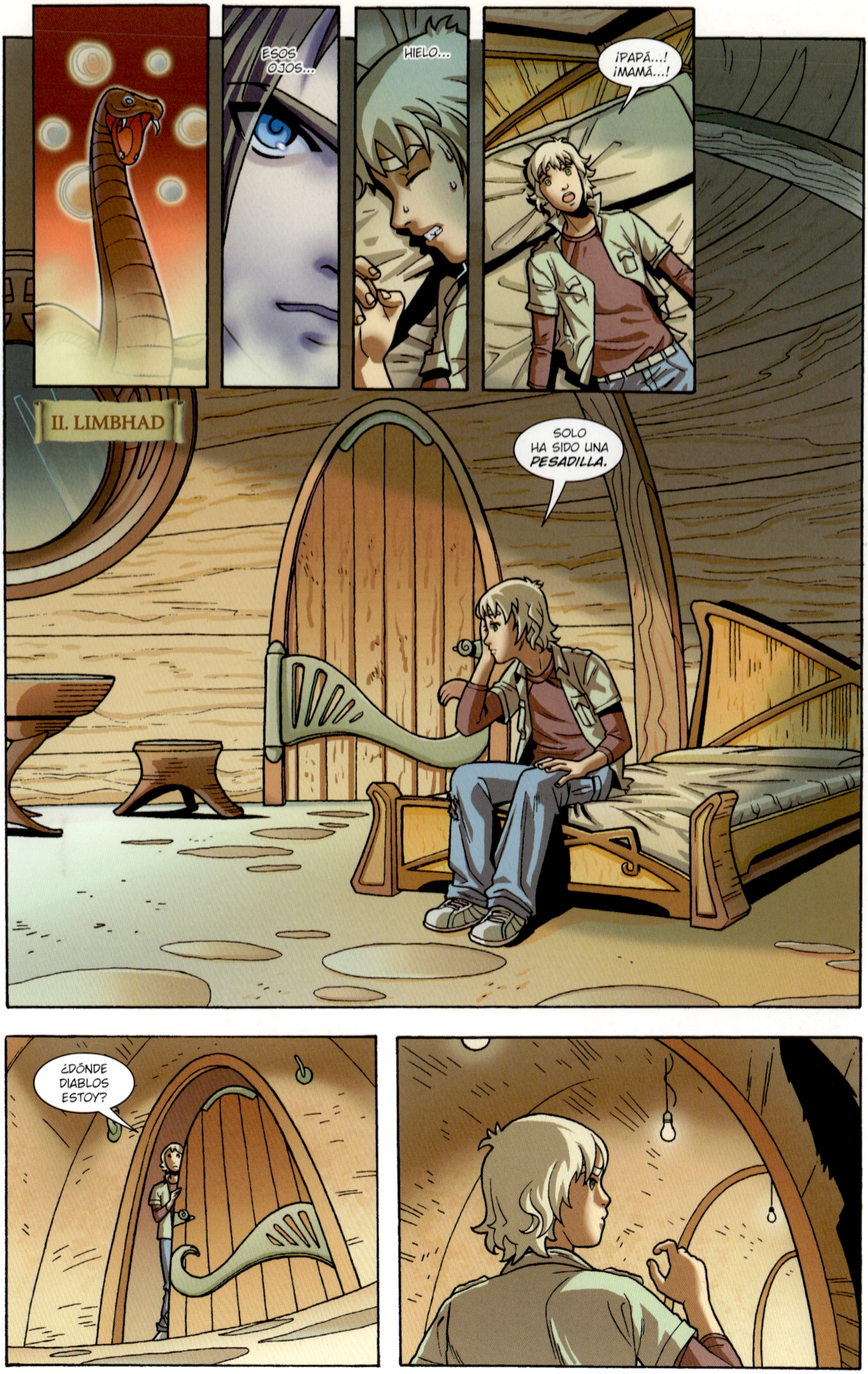
ESOS OJOS...
HIELO...
¡PAPÁ...! ¡MAMÁ...!
II. LIMBHAD
SOLO HA SIDO UNA *PESADILLA.*
¿DÓNDE DIABLOS ESTOY?

¡TÚ!
¡¿QUÉ LES HABÉIS HECHO A MIS PADRES?!
¡MIS PADRES...!
¿HABLAS INGLÉS?*
*EN INGLÉS EN EL ORIGINAL.
EH... SÍ... HABLO INGLÉS.

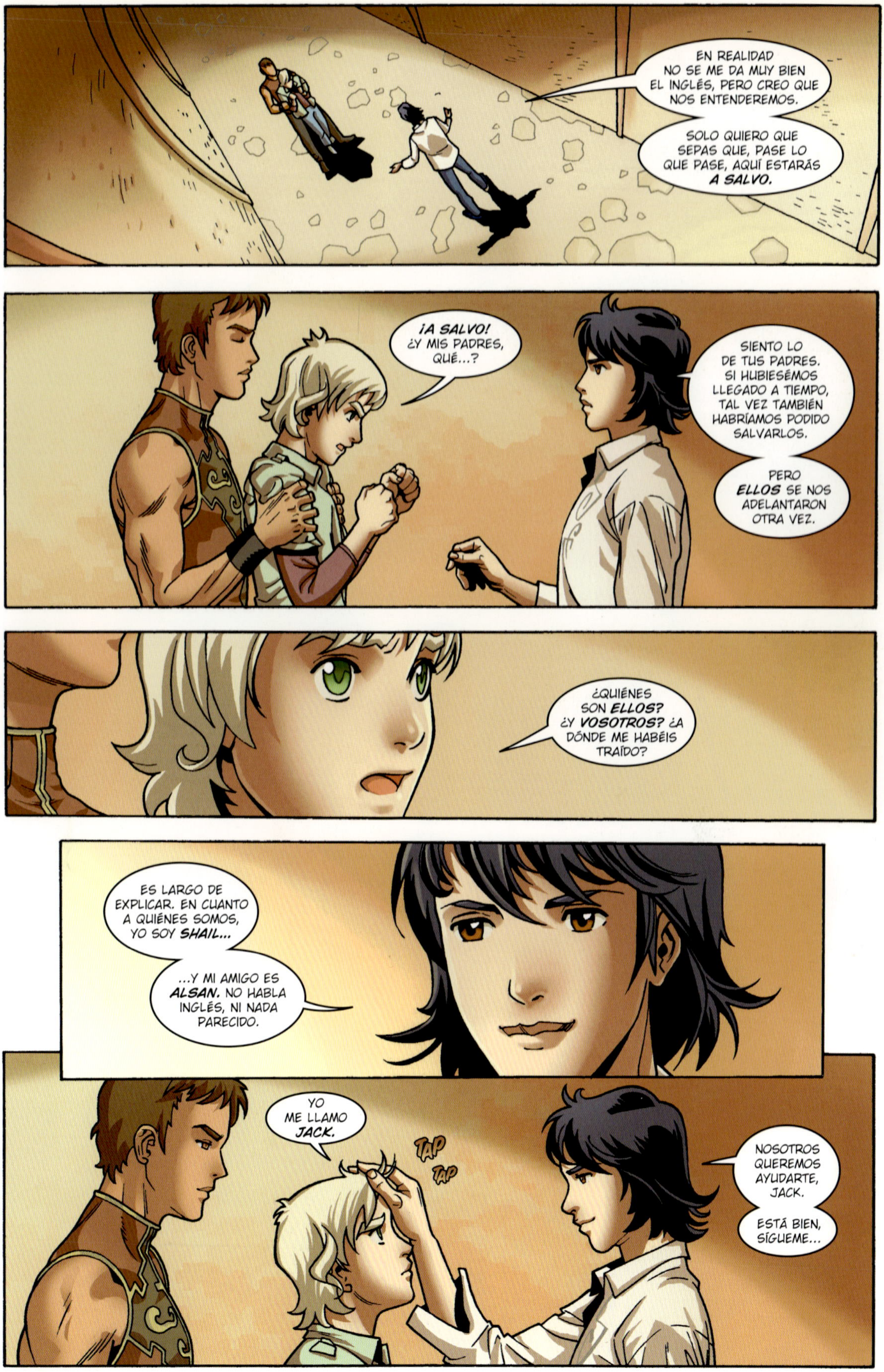

EN REALIDAD NO SE ME DA MUY BIEN EL INGLÉS, PERO CREO QUE NOS ENTENDEREMOS.
SOLO QUIERO QUE SEPAS QUE, PASE LO QUE PASE, AQUÍ ESTARÁS A SALVO.
¡A SALVO! ¿Y MIS PADRES, QUÉ...?
SIENTO LO DE TUS PADRES. SI HUBIESÉMOS LLEGADO A TIEMPO, TAL VEZ TAMBIÉN HABRÍAMOS PODIDO SALVARLOS.
PERO ELLOS SE NOS ADELANTARON OTRA VEZ.
¿QUIÉNES SON ELLOS? ¿Y VOSOTROS? ¿A DÓNDE ME HABÉIS TRAÍDO?
ES LARGO DE EXPLICAR. EN CUANTO A QUIÉNES SOMOS, YO SOY SHAIL...
...Y MI AMIGO ES ALSAN. NO HABLA INGLÉS, NI NADA PARECIDO.
YO ME LLAMO JACK.
TAP TAP
NOSOTROS QUEREMOS AYUDARTE, JACK.
ESTÁ BIEN, SÍGUEME...

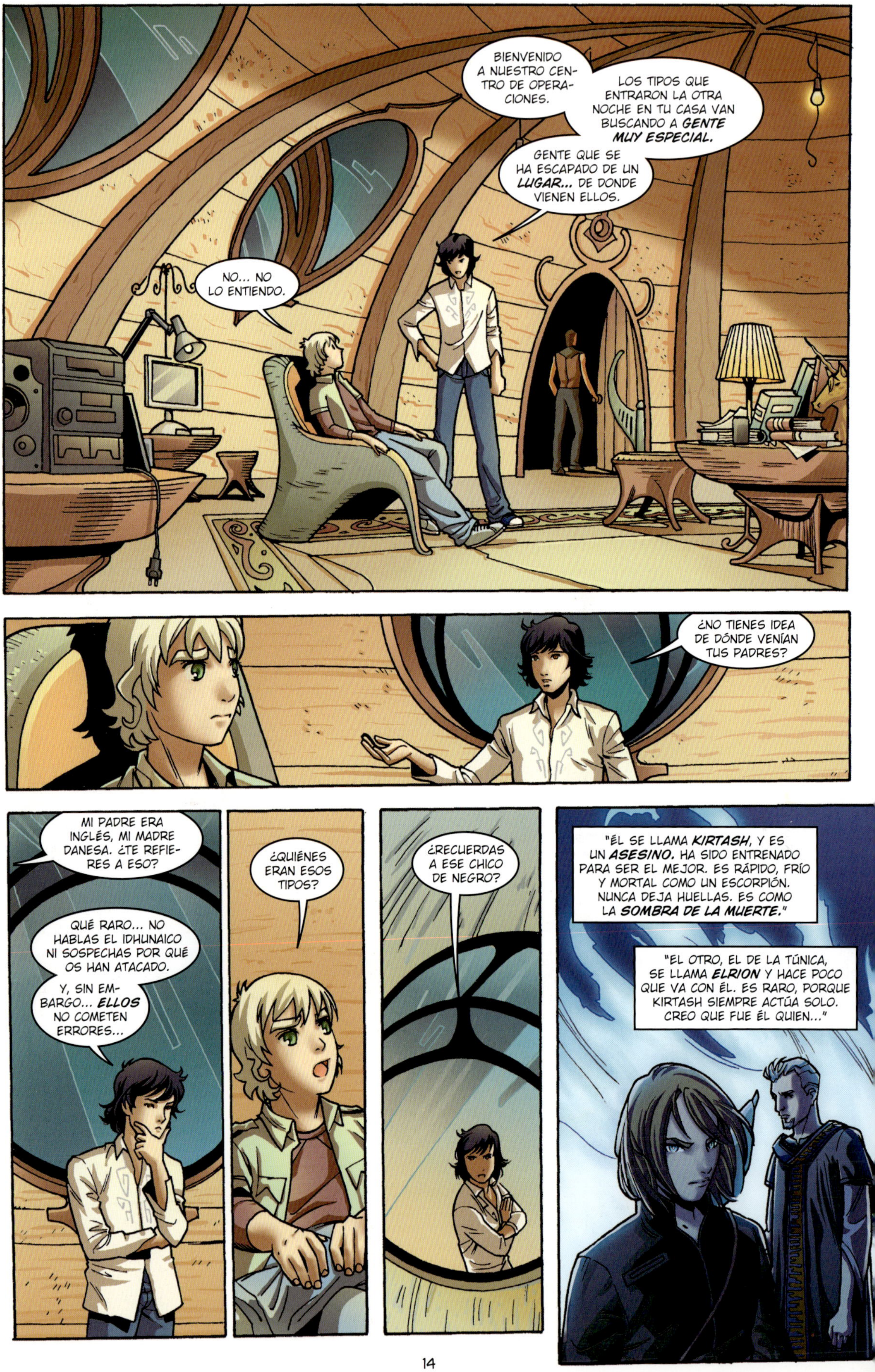
BIENVENIDO A NUESTRO CENTRO DE OPERACIONES.
LOS TIPOS QUE ENTRARON LA OTRA NOCHE EN TU CASA VAN BUSCANDO A GENTE MUY ESPECIAL.
GENTE QUE SE HA ESCAPADO DE UN LUGAR... DE DONDE VIENEN ELLOS.
NO... NO LO ENTIENDO.
¿NO TIENES IDEA DE DÓNDE VENÍAN TUS PADRES?
MI PADRE ERA INGLÉS, MI MADRE DANESA. ¿TE REFIERES A ESO?
QUÉ RARO... NO HABLAS EL IDHUNAICO NI SOSPECHAS POR QUÉ OS HAN ATACADO.
Y, SIN EMBARGO... ELLOS NO COMETEN ERRORES...
¿QUIÉNES ERAN ESOS TIPOS?
¿RECUERDAS A ESE CHICO DE NEGRO?
"ÉL SE LLAMA KIRTASH, Y ES UN ASESINO. HA SIDO ENTRENADO PARA SER EL MEJOR. ES RÁPIDO, FRÍO Y MORTAL COMO UN ESCORPIÓN. NUNCA DEJA HUELLAS. ES COMO LA SOMBRA DE LA MUERTE."
"EL OTRO, EL DE LA TÚNICA, SE LLAMA ELRION Y HACE POCO QUE VA CON ÉL. ES RARO, PORQUE KIRTASH SIEMPRE ACTÚA SOLO. CREO QUE FUE ÉL QUIEN..."

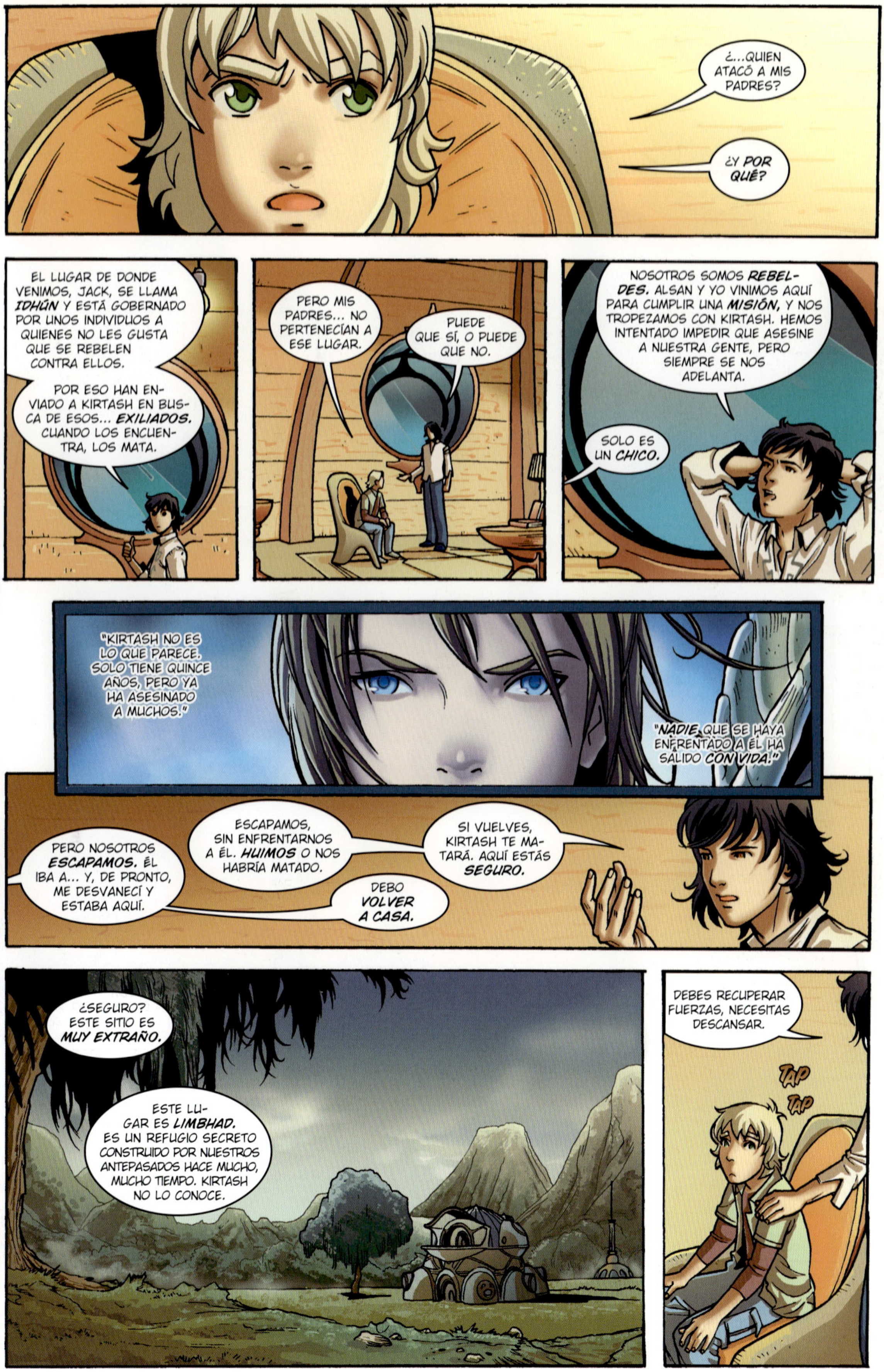
¿...QUIEN ATACÓ A MIS PADRES?
¿Y POR QUÉ?
EL LUGAR DE DONDE VENIMOS, JACK, SE LLAMA IDHÚN Y ESTÁ GOBERNADO POR UNOS INDIVIDUOS A QUIENES NO LES GUSTA QUE SE REBELEN CONTRA ELLOS.
POR ESO HAN ENVIADO A KIRTASH EN BUSCA DE ESOS... EXILIADOS. CUANDO LOS ENCUENTRA, LOS MATA.
PERO MIS PADRES... NO PERTENECÍAN A ESE LUGAR.
PUEDE QUE SÍ, O PUEDE QUE NO.
NOSOTROS SOMOS REBELDES. ALSAN Y YO VINIMOS AQUÍ PARA CUMPLIR UNA MISIÓN, Y NOS TROPEZAMOS CON KIRTASH. HEMOS INTENTADO IMPEDIR QUE ASESINE A NUESTRA GENTE, PERO SIEMPRE SE NOS ADELANTA.
SOLO ES UN CHICO.
"KIRTASH NO ES LO QUE PARECE. SOLO TIENE QUINCE AÑOS, PERO YA HA ASESINADO A MUCHOS."
"NADIE QUE SE HAYA ENFRENTADO A ÉL HA SALIDO CON VIDA."
PERO NOSOTROS ESCAPAMOS. ÉL IBA A... Y, DE PRONTO, ME DESVANECÍ Y ESTABA AQUÍ.
ESCAPAMOS, SIN ENFRENTARNOS A ÉL. HUIMOS O NOS HABRÍA MATADO.
DEBO VOLVER A CASA.
SI VUELVES, KIRTASH TE MATARÁ. AQUÍ ESTÁS SEGURO.
¿SEGURO? ESTE SITIO ES MUY EXTRAÑO.
ESTE LUGAR ES LIMBHAD. ES UN REFUGIO SECRETO CONSTRUIDO POR NUESTROS ANTEPASADOS HACE MUCHO, MUCHO TIEMPO. KIRTASH NO LO CONOCE.
DEBES RECUPERAR FUERZAS, NECESITAS DESCANSAR.
TAP
TAP

MÁS TARDE...
NO SÉ SI SHAIL ME HA DICHO LA VERDAD. NI SÉ SI ESTOY A SALVO.
EN UNAS HORAS TODO MI MUNDO SE HA VUELTO DEL REVÉS. MIS PADRES HAN MUERTO Y NO SÉ POR QUÉ.
ME HE QUEDADO HUÉRFANO. DE GOLPE.
SALDRÉ DE ESTA CASA Y BUSCARÉ UN TELÉFONO.
LLAMARÉ A LA POLICÍA Y LOCALIZARÉ A MIS TÍOS, QUE ESTARÁN PREOCUPADOS...
...ESO ES LO QUE HARÉ.
¡OH!
LO SIENTO.

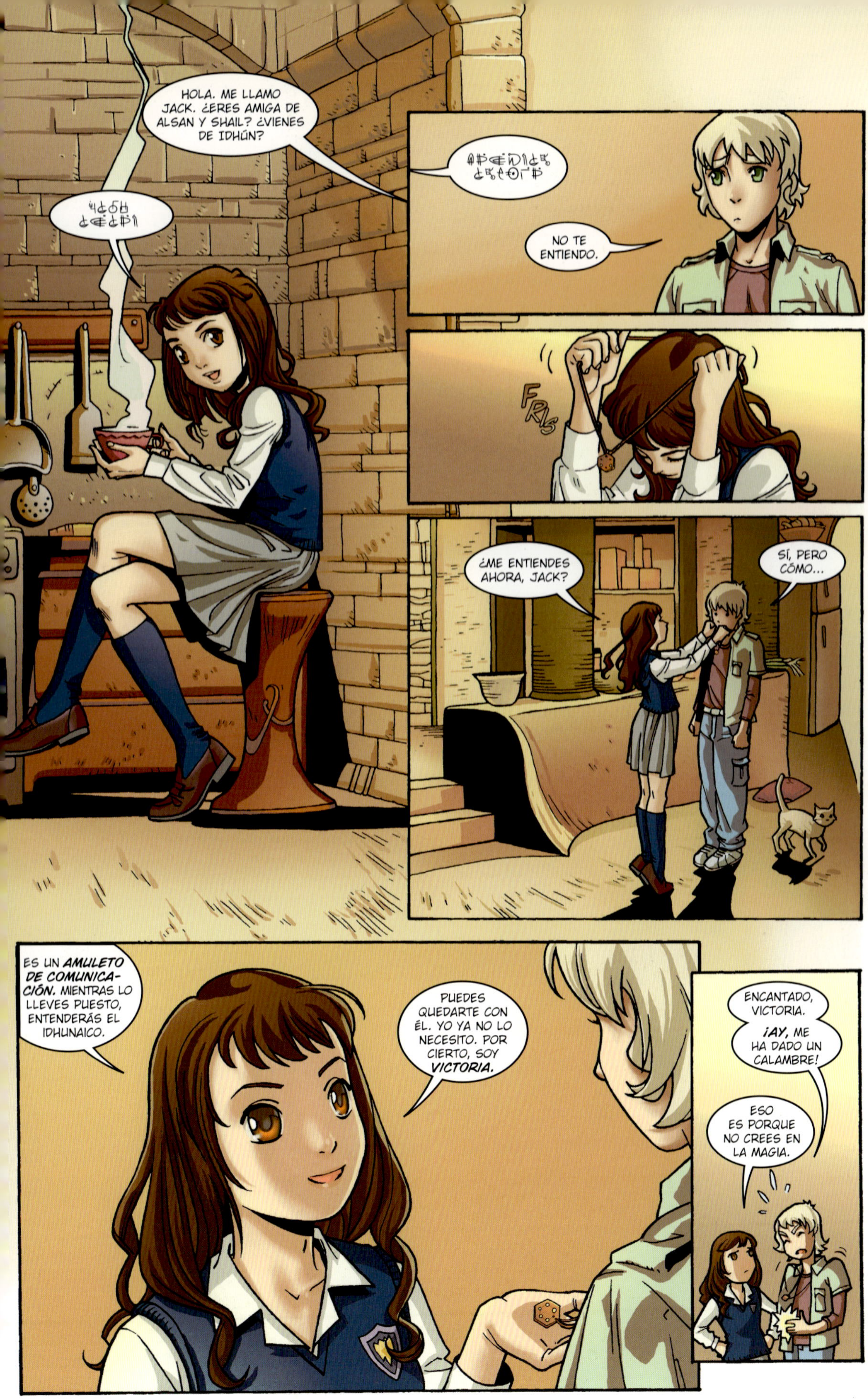
HOLA. ME LLAMO JACK. ¿ERES AMIGA DE ALSAN Y SHAIL? ¿VIENES DE IDHÚN?
NO TE ENTIENDO.
FRIS
¿ME ENTIENDES AHORA, JACK?
SÍ, PERO CÓMO...
ES UN **AMULETO DE COMUNICACIÓN.** MIENTRAS LO LLEVES PUESTO, ENTENDERÁS EL IDHUNAICO.
PUEDES QUEDARTE CON ÉL. YO YA NO LO NECESITO. POR CIERTO, SOY ***VICTORIA.***
ENCANTADO, VICTORIA.
¡AY, ME HA DADO UN CALAMBRE!
ESO ES PORQUE NO CREES EN LA MAGIA.

¡VICTORIA! ¿QUÉ LE HAS CONTADO?
¿Y QUÉ NO LE HAS CONTADO TÚ, SHAIL?
ÉL NO ES COMO NOSOTROS.
PORQUE KIRTASH LO ATACÓ.
ENTONCES, ¿POR QUÉ LO HABÉIS TRAÍDO?
SI KIRTASH LO ATACÓ, ES UNO DE NOSOTROS.
KIRTASH NO SUELE EQUIVOCARSE. PERO JACK JAMÁS HA OÍDO HABLAR DE IDHÚN Y ES DEMASIADO MAYOR PARA SER HIJO DE IDHUNITAS EXILIADOS.
¿ENTONCES, ES IDHUNITA O NO?
¡NO LO SÉ!
¡BASTA YA! ¡ESTÁIS TODOS CHIFLADOS! ME VUELVO A CASA AHORA MISMO.

DÉJAME PASAR. QUIERO IRME DE AQUÍ.
TENGO QUE ESCAPAR DE AQUÍ. CUESTE LO QUE CUESTE.
QUÉ RARO. ¿POR QUÉ NO SE HACE DE DÍA?
PODRÍA SALTAR.
NO, ESTÁ DEMASIADO ALTO.
OTRA PUERTA CERRADA. SI HAY UNA SALIDA...
...LA ENCONTRARÉ. QUIZÁS ESTÉ EN EL PISO SUPERIOR.
¡SE HA ABIERTO!

OJALÁ HUBIESE **MÁS LUZ.**
¿QUIÉN ANDA AHÍ?
FSHHH
FSHHH

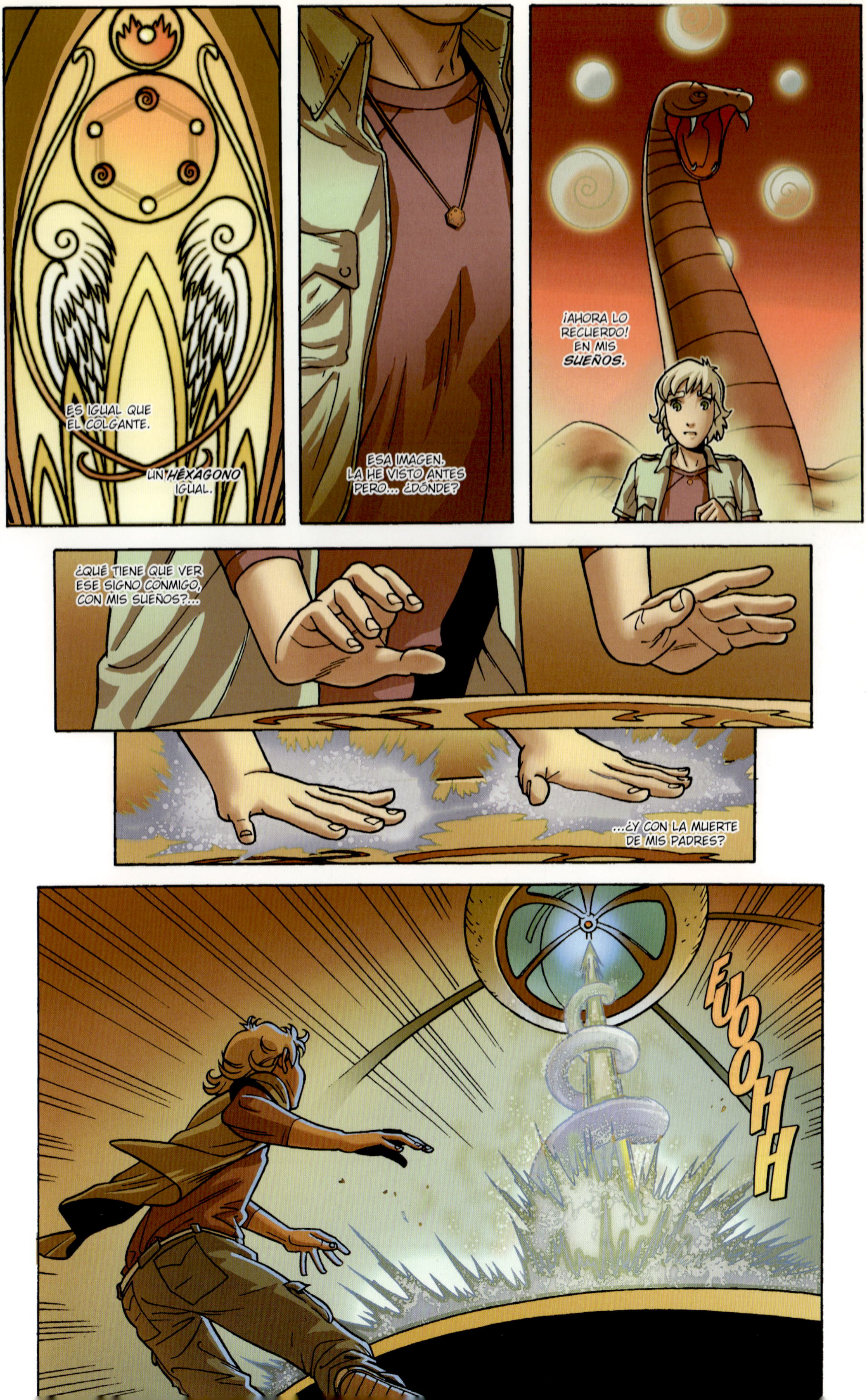
ES IGUAL QUE EL COLGANTE.
UN HEXÁGONO IGUAL.
ESA IMAGEN. LA HE VISTO ANTES PERO... ¿DÓNDE?
¡AHORA LO RECUERDO! EN MIS SUEÑOS.
¿QUÉ TIENE QUE VER ESE SIGNO CONMIGO, CON MIS SUEÑOS?...
...¿Y CON LA MUERTE DE MIS PADRES?
FUOOHH

¡JACK!
¿ESTÁS BIEN?
¿QUÉ HA PASADO?
YO NO... SOLO HE TOCADO **LA MESA.**
HAS TOCADO **LA ESFERA,** ¿VERDAD?
ESO ES SUFICIENTE PARA ACTIVARLA.
ES EL **ALMA DE LIMBHAD.**
ODIO A LAS SERPIENTES.
¡HAS VISTO LO QUE PASÓ EN IDHÚN! SABÍA QUE TÚ TAMBIÉN LO **RECORDARÍAS,** COMO ME PASÓ A MÍ.
¿ESO QUE HE VISTO ERA IDHÚN?
LO QUE HAS VISTO, SUCEDIÓ HACE TRES AÑOS: **ELLOS** UTILIZARON LA MAGIA DE LA CONJUNCIÓN DE LOS TRES SOLES Y LAS TRES LUNAS PARA SUS PROPIOS FINES...
Y LOGRARON QUE **MURIESEN LOS DRAGONES Y LOS UNICORNIOS,** PARA ASÍ PODER REGRESAR A IDHÚN Y HACERSE CON EL PODER...
¿ELLOS?
LAS SERPIENTES ALADAS. LOS **SHEKS,** COMO SE LLAMAN A SÍ MISMOS. AHORA NUESTRO MUNDO ESTÁ BAJO SU TIRANÍA.

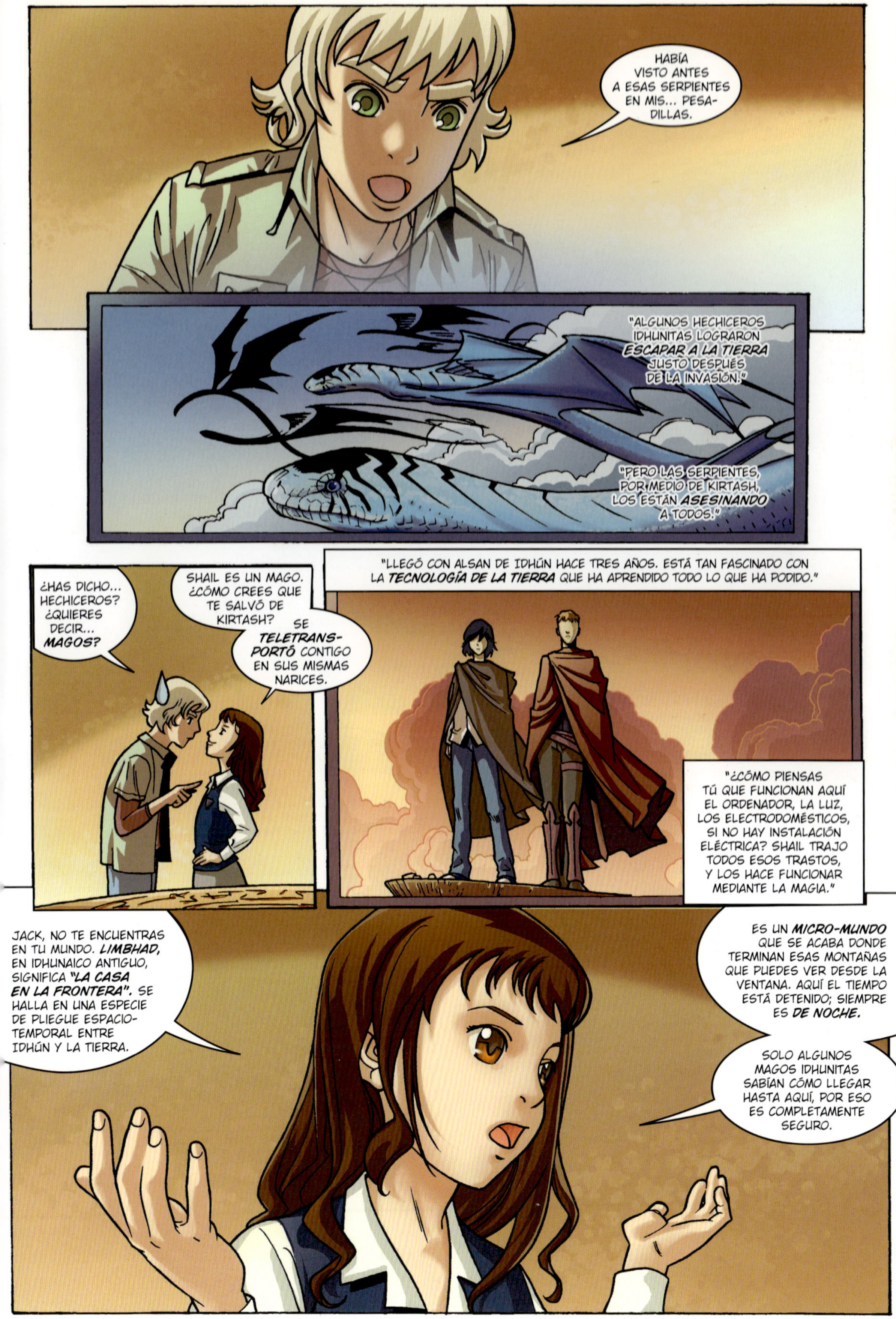

HABÍA VISTO ANTES A ESAS SERPIENTES EN MIS... PESA-DILLAS.
"ALGUNOS HECHICEROS IDHUNITAS LOGRARON **ESCAPAR A LA TIERRA** JUSTO DESPUÉS DE LA INVASIÓN."
"PERO LAS SERPIENTES, POR MEDIO DE KIRTASH, LOS ESTÁN **ASESINANDO** A TODOS."
¿HAS DICHO... HECHICEROS? ¿QUIERES DECIR... **MAGOS?**
SHAIL ES UN MAGO. ¿CÓMO CREES QUE TE SALVÓ DE KIRTASH?
SE **TELETRANS-PORTÓ** CONTIGO EN SUS MISMAS NARICES.
"LLEGÓ CON ALSAN DE IDHÚN HACE TRES AÑOS. ESTÁ TAN FASCINADO CON LA **TECNOLOGÍA DE LA TIERRA** QUE HA APRENDIDO TODO LO QUE HA PODIDO."
"¿CÓMO PIENSAS TÚ QUE FUNCIONAN AQUÍ EL ORDENADOR, LA LUZ, LOS ELECTRODOMÉSTICOS, SI NO HAY INSTALACIÓN ELÉCTRICA? SHAIL TRAJO TODOS ESOS TRASTOS, Y LOS HACE FUNCIONAR MEDIANTE LA MAGIA."
JACK, NO TE ENCUENTRAS EN TU MUNDO. **LIMBHAD,** EN IDHUNAICO ANTIGUO, SIGNIFICA **"LA CASA EN LA FRONTERA".** SE HALLA EN UNA ESPECIE DE PLIEGUE ESPACIO-TEMPORAL ENTRE IDHÚN Y LA TIERRA.
ES UN **MICRO-MUNDO** QUE SE ACABA DONDE TERMINAN ESAS MONTAÑAS QUE PUEDES VER DESDE LA VENTANA. AQUÍ EL TIEMPO ESTÁ DETENIDO; SIEMPRE ES **DE NOCHE.**
SOLO ALGUNOS MAGOS IDHUNITAS SABÍAN CÓMO LLEGAR HASTA AQUÍ, POR ESO ES COMPLETAMENTE SEGURO.

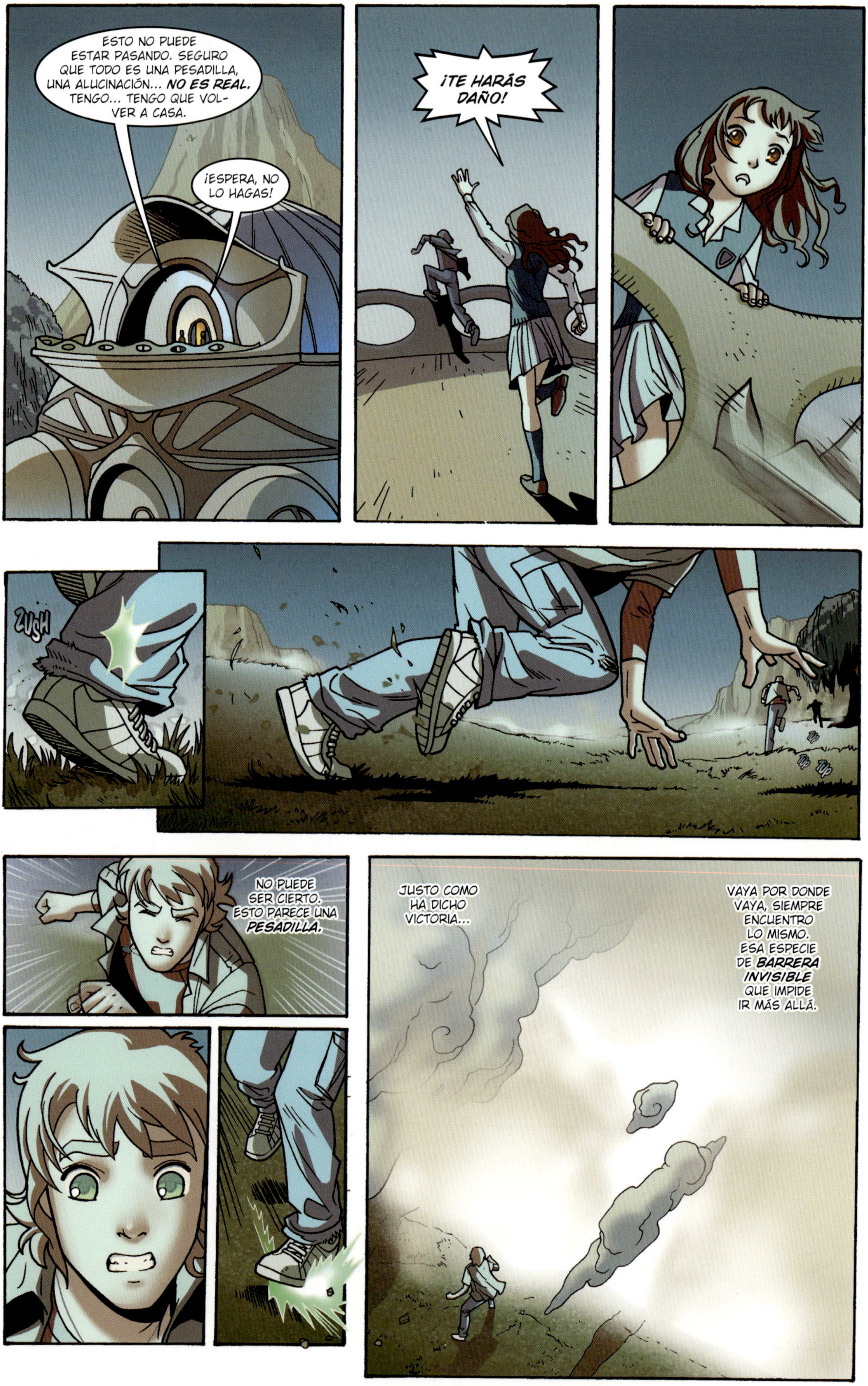
ESTO NO PUEDE ESTAR PASANDO. SEGURO QUE TODO ES UNA PESADILLA, UNA ALUCINACIÓN... **NO ES REAL.** TENGO... TENGO QUE VOLVER A CASA.
¡ESPERA, NO LO HAGAS!
¡TE HARÁS DAÑO!
ZUSH
NO PUEDE SER CIERTO. ESTO PARECE UNA **PESADILLA.**
JUSTO COMO HA DICHO VICTORIA...
VAYA POR DONDE VAYA, SIEMPRE ENCUENTRO LO MISMO. ESA ESPECIE DE **BARRERA INVISIBLE** QUE IMPIDE IR MÁS ALLÁ.

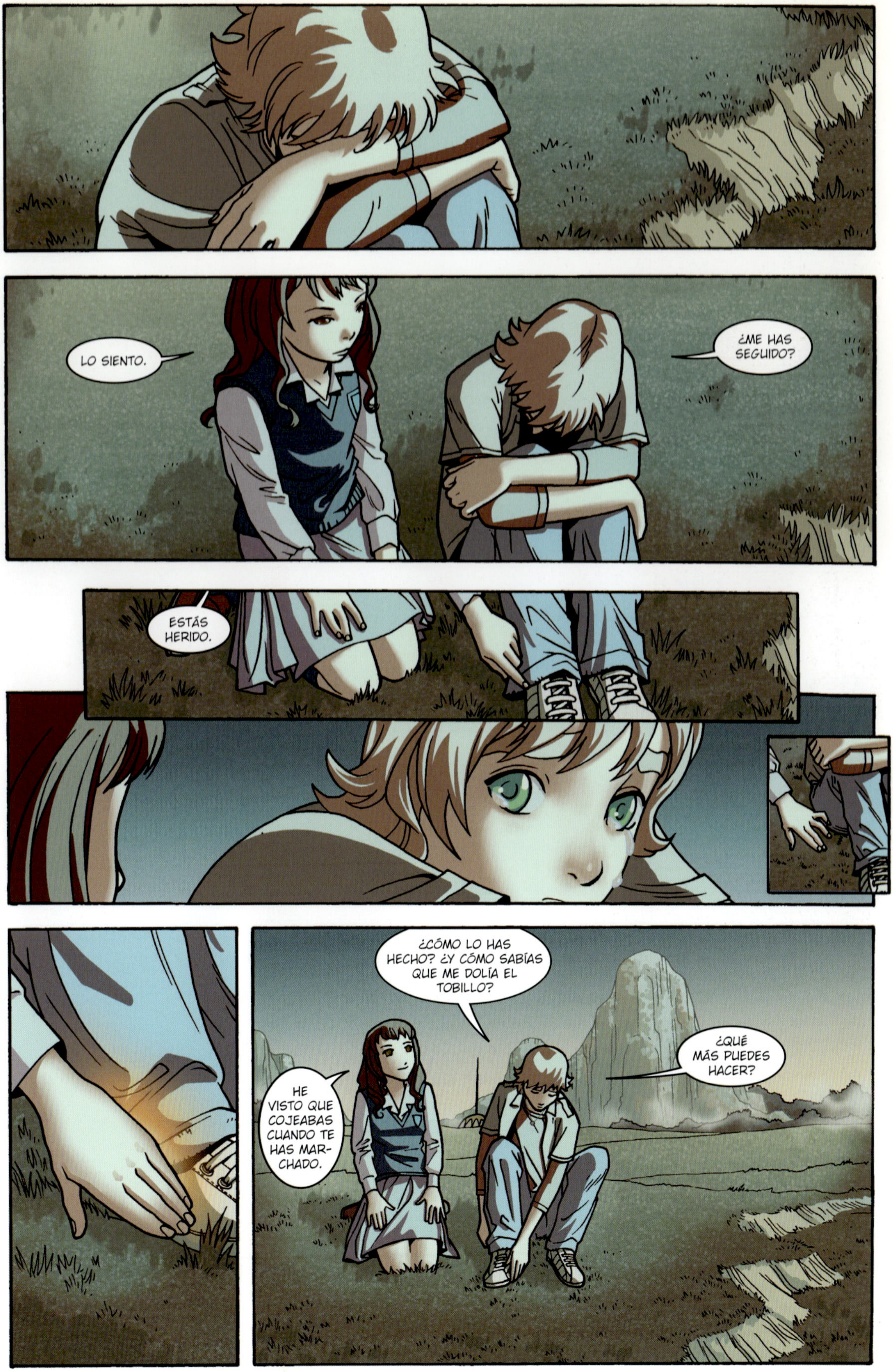
LO SIENTO.
¿ME HAS SEGUIDO?
ESTÁS HERIDO.
¿CÓMO LO HAS HECHO? ¿Y CÓMO SABÍAS QUE ME DOLÍA EL TOBILLO?
HE VISTO QUE COJEABAS CUANDO TE HAS MAR-CHADO.
¿QUÉ MÁS PUEDES HACER?

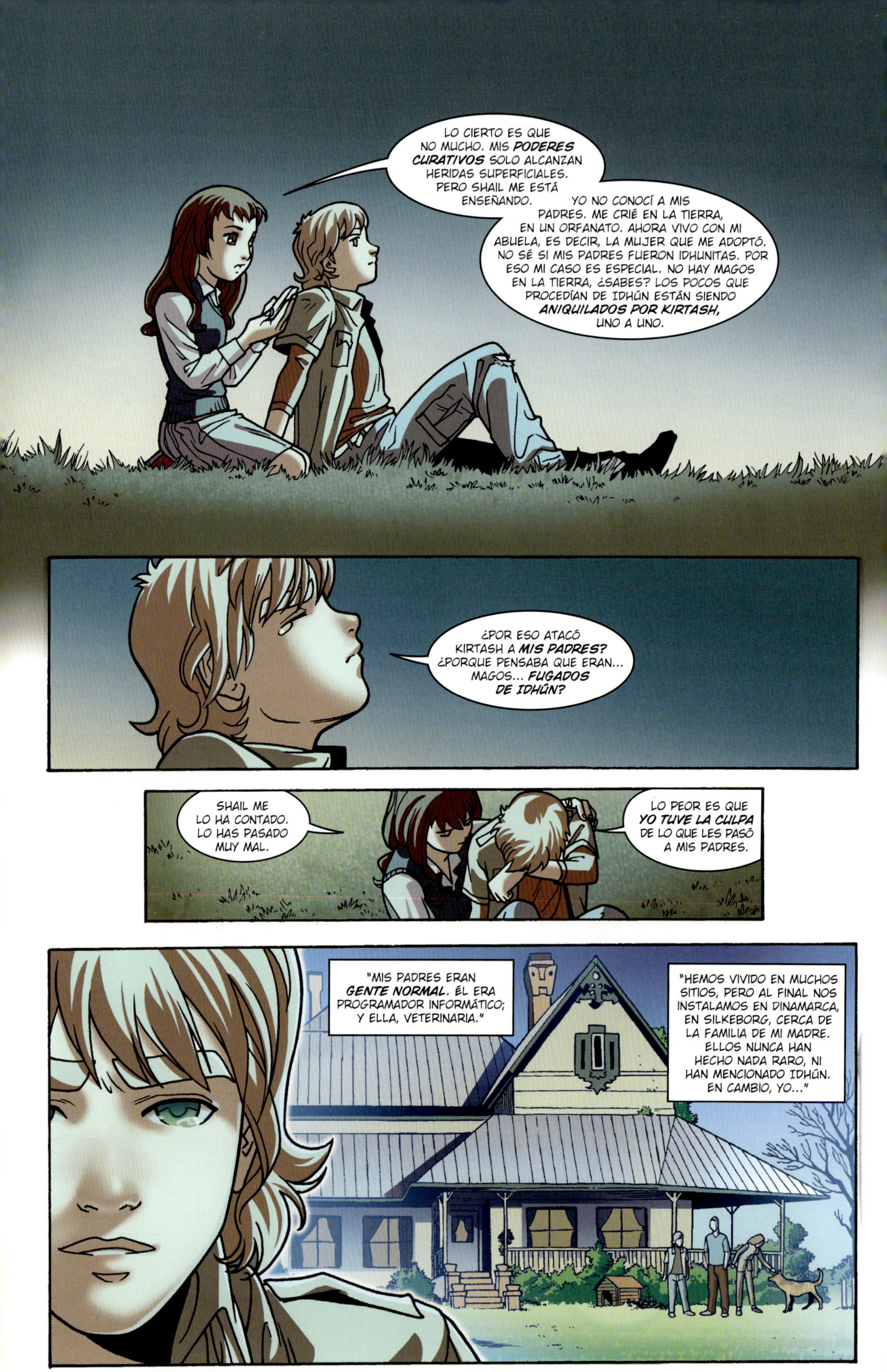
LO CIERTO ES QUE NO MUCHO. MIS **PODERES CURATIVOS** SOLO ALCANZAN HERIDAS SUPERFICIALES. PERO SHAIL ME ESTÁ ENSEÑANDO.
YO NO CONOCÍ A MIS PADRES. ME CRIÉ EN LA TIERRA, EN UN ORFANATO. AHORA VIVO CON MI ABUELA, ES DECIR, LA MUJER QUE ME ADOPTÓ. NO SÉ SI MIS PADRES FUERON IDHUNITAS. POR ESO MI CASO ES ESPECIAL. NO HAY MAGOS EN LA TIERRA, ¿SABES? LOS POCOS QUE PROCEDÍAN DE IDHÚN ESTÁN SIENDO **ANIQUILADOS POR KIRTASH,** UNO A UNO.
¿POR ESO ATACÓ KIRTASH A **MIS PADRES?** ¿PORQUE PENSABA QUE ERAN... MAGOS... **FUGADOS DE IDHÚN?**
SHAIL ME LO HA CONTADO. LO HAS PASADO MUY MAL.
LO PEOR ES QUE **YO TUVE LA CULPA** DE LO QUE LES PASÓ A MIS PADRES.
"MIS PADRES ERAN **GENTE NORMAL**. ÉL ERA PROGRAMADOR INFORMÁTICO; Y ELLA, VETERINARIA."
"HEMOS VIVIDO EN MUCHOS SITIOS, PERO AL FINAL NOS INSTALAMOS EN DINAMARCA, EN SILKEBORG, CERCA DE LA FAMILIA DE MI MADRE. ELLOS NUNCA HAN HECHO NADA RARO, NI HAN MENCIONADO IDHÚN. EN CAMBIO, YO..."

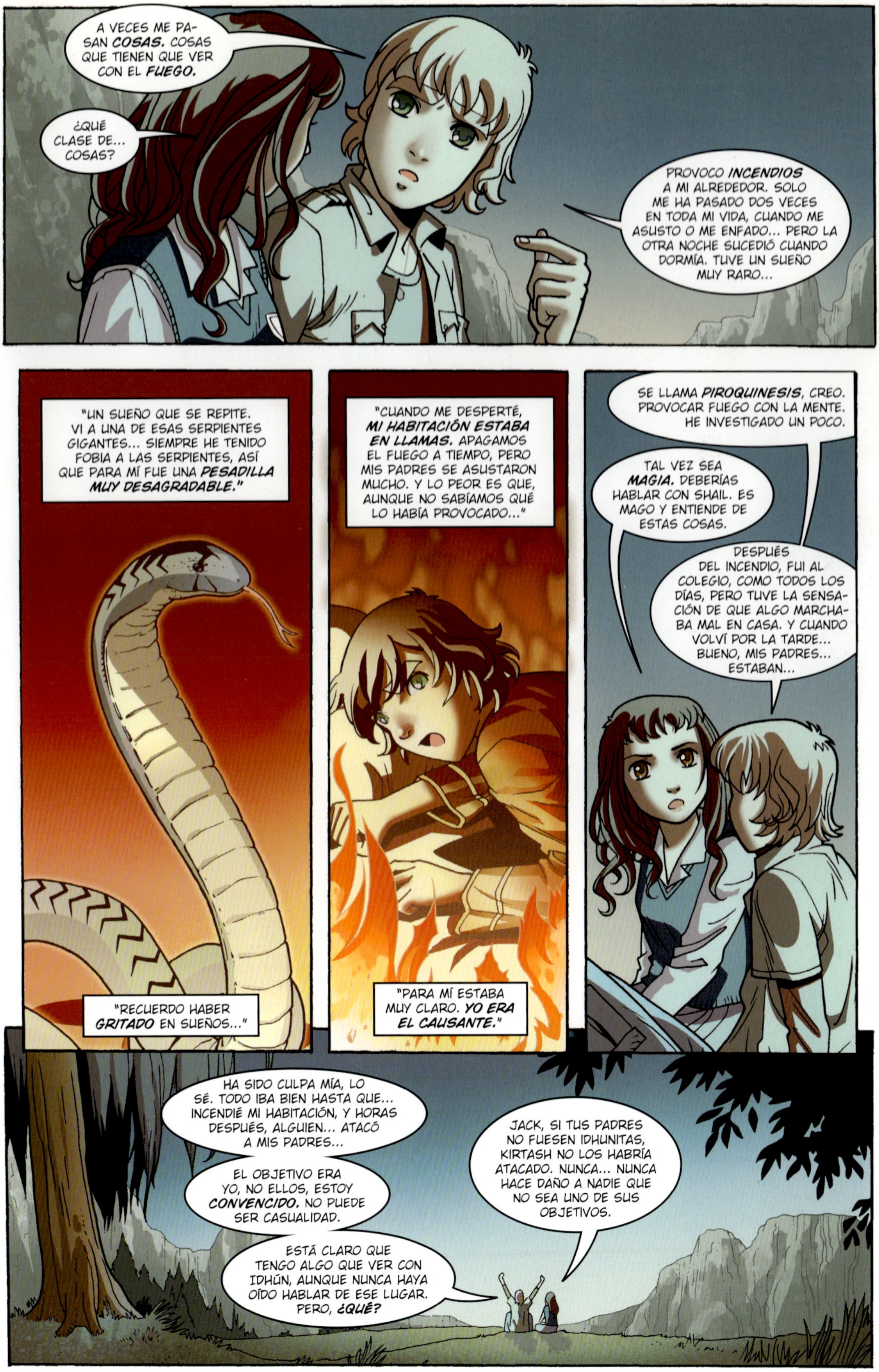
A VECES ME PASAN COSAS. COSAS QUE TIENEN QUE VER CON EL FUEGO.
¿QUÉ CLASE DE... COSAS?
PROVOCO INCENDIOS A MI ALREDEDOR. SOLO ME HA PASADO DOS VECES EN TODA MI VIDA, CUANDO ME ASUSTO O ME ENFADO... PERO LA OTRA NOCHE SUCEDIÓ CUANDO DORMÍA. TUVE UN SUEÑO MUY RARO...
"UN SUEÑO QUE SE REPITE. VI A UNA DE ESAS SERPIENTES GIGANTES... SIEMPRE HE TENIDO FOBIA A LAS SERPIENTES, ASÍ QUE PARA MÍ FUE UNA PESADILLA MUY DESAGRADABLE."
"RECUERDO HABER GRITADO EN SUEÑOS..."
"CUANDO ME DESPERTÉ, MI HABITACIÓN ESTABA EN LLAMAS. APAGAMOS EL FUEGO A TIEMPO, PERO MIS PADRES SE ASUSTARON MUCHO. Y LO PEOR ES QUE, AUNQUE NO SABÍAMOS QUÉ LO HABÍA PROVOCADO..."
"PARA MÍ ESTABA MUY CLARO. YO ERA EL CAUSANTE."
SE LLAMA PIROQUINESIS, CREO. PROVOCAR FUEGO CON LA MENTE. HE INVESTIGADO UN POCO.
TAL VEZ SEA MAGIA. DEBERÍAS HABLAR CON SHAIL. ES MAGO Y ENTIENDE DE ESTAS COSAS.
DESPUÉS DEL INCENDIO, FUI AL COLEGIO, COMO TODOS LOS DÍAS, PERO TUVE LA SENSACIÓN DE QUE ALGO MARCHABA MAL EN CASA. Y CUANDO VOLVÍ POR LA TARDE... BUENO, MIS PADRES... ESTABAN...
HA SIDO CULPA MÍA, LO SÉ. TODO IBA BIEN HASTA QUE... INCENDIÉ MI HABITACIÓN, Y HORAS DESPUÉS, ALGUIEN... ATACÓ A MIS PADRES...
EL OBJETIVO ERA YO, NO ELLOS, ESTOY CONVENCIDO. NO PUEDE SER CASUALIDAD.
ESTÁ CLARO QUE TENGO ALGO QUE VER CON IDHÚN, AUNQUE NUNCA HAYA OÍDO HABLAR DE ESE LUGAR. PERO, ¿QUÉ?
JACK, SI TUS PADRES NO FUESEN IDHUNITAS, KIRTASH NO LOS HABRÍA ATACADO. NUNCA... NUNCA HACE DAÑO A NADIE QUE NO SEA UNO DE SUS OBJETIVOS.

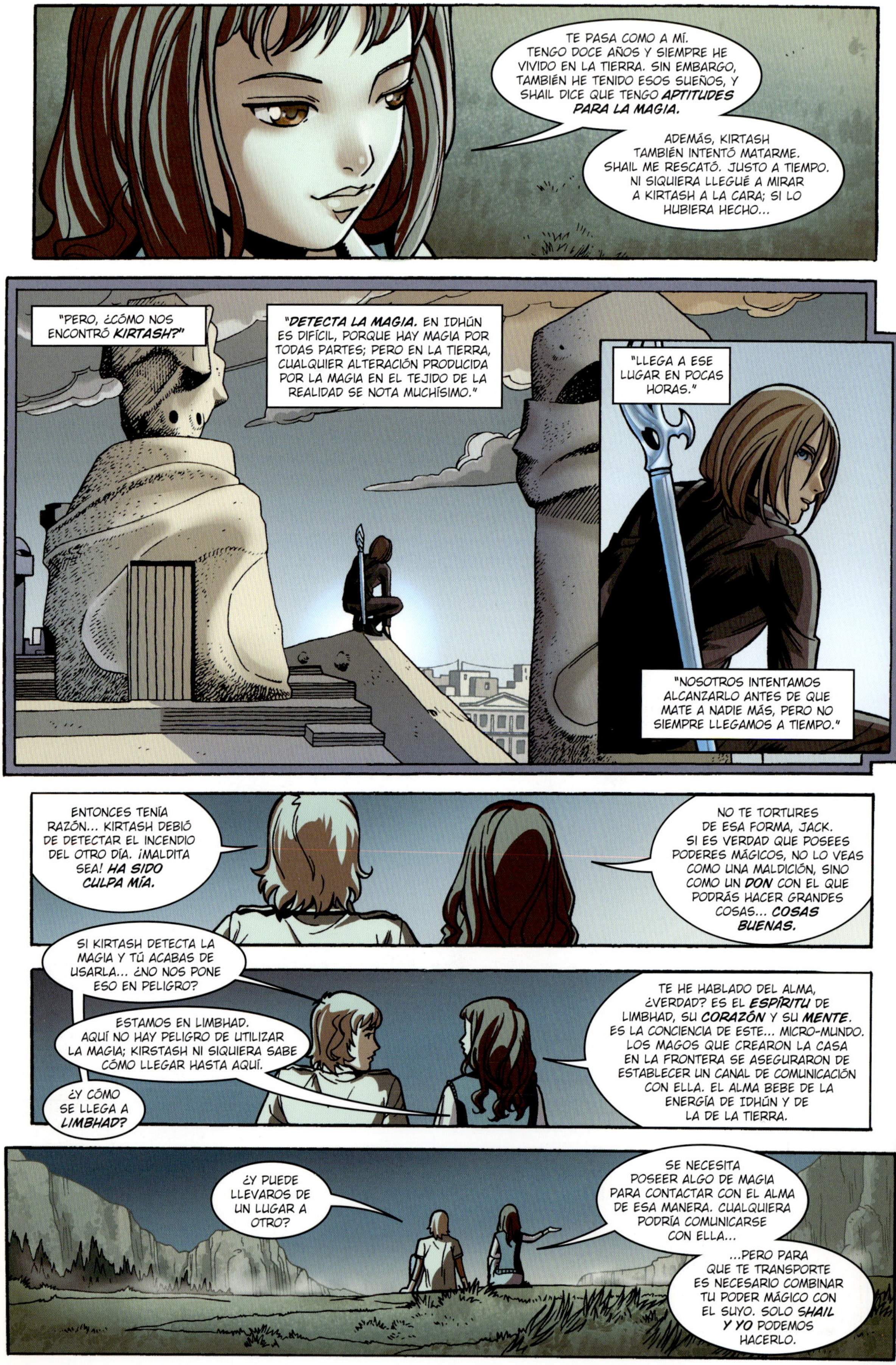

TE PASA COMO A MÍ. TENGO DOCE AÑOS Y SIEMPRE HE VIVIDO EN LA TIERRA. SIN EMBARGO, TAMBIÉN HE TENIDO ESOS SUEÑOS, Y SHAIL DICE QUE TENGO ***APTITUDES PARA LA MAGIA.***
ADEMÁS, KIRTASH TAMBIÉN INTENTÓ MATARME. SHAIL ME RESCATÓ. JUSTO A TIEMPO. NI SIQUIERA LLEGUÉ A MIRAR A KIRTASH A LA CARA; SI LO HUBIERA HECHO...
"PERO, ¿CÓMO NOS ENCONTRÓ ***KIRTASH?"***
"***DETECTA LA MAGIA.*** EN IDHÚN ES DIFÍCIL, PORQUE HAY MAGIA POR TODAS PARTES; PERO EN LA TIERRA, CUALQUIER ALTERACIÓN PRODUCIDA POR LA MAGIA EN EL TEJIDO DE LA REALIDAD SE NOTA MUCHÍSIMO."
"LLEGA A ESE LUGAR EN POCAS HORAS."
"NOSOTROS INTENTAMOS ALCANZARLO ANTES DE QUE MATE A NADIE MÁS, PERO NO SIEMPRE LLEGAMOS A TIEMPO."
ENTONCES TENÍA RAZÓN... KIRTASH DEBIÓ DE DETECTAR EL INCENDIO DEL OTRO DÍA. ¡MALDITA SEA! ***HA SIDO CULPA MÍA.***
NO TE TORTURES DE ESA FORMA, JACK. SI ES VERDAD QUE POSEES PODERES MÁGICOS, NO LO VEAS COMO UNA MALDICIÓN, SINO COMO UN ***DON*** CON EL QUE PODRÁS HACER GRANDES COSAS... ***COSAS BUENAS.***
SI KIRTASH DETECTA LA MAGIA Y TÚ ACABAS DE USARLA... ¿NO NOS PONE ESO EN PELIGRO?
ESTAMOS EN LIMBHAD. AQUÍ NO HAY PELIGRO DE UTILIZAR LA MAGIA; KIRSTASH NI SIQUIERA SABE CÓMO LLEGAR HASTA AQUÍ.
¿Y CÓMO SE LLEGA A ***LIMBHAD?***
TE HE HABLADO DEL ALMA, ¿VERDAD? ES EL ***ESPÍRITU*** DE LIMBHAD, SU ***CORAZÓN*** Y SU ***MENTE.*** ES LA CONCIENCIA DE ESTE... MICRO-MUNDO. LOS MAGOS QUE CREARON LA CASA EN LA FRONTERA SE ASEGURARON DE ESTABLECER UN CANAL DE COMUNICACIÓN CON ELLA. EL ALMA BEBE DE LA ENERGÍA DE IDHÚN Y DE LA DE LA TIERRA.
¿Y PUEDE LLEVAROS DE UN LUGAR A OTRO?
SE NECESITA POSEER ALGO DE MAGIA PARA CONTACTAR CON EL ALMA DE ESA MANERA. CUALQUIERA PODRÍA COMUNICARSE CON ELLA...
...PERO PARA QUE TE TRANSPORTE ES NECESARIO COMBINAR TU PODER MÁGICO CON EL SUYO. SOLO ***SHAIL Y YO*** PODEMOS HACERLO.

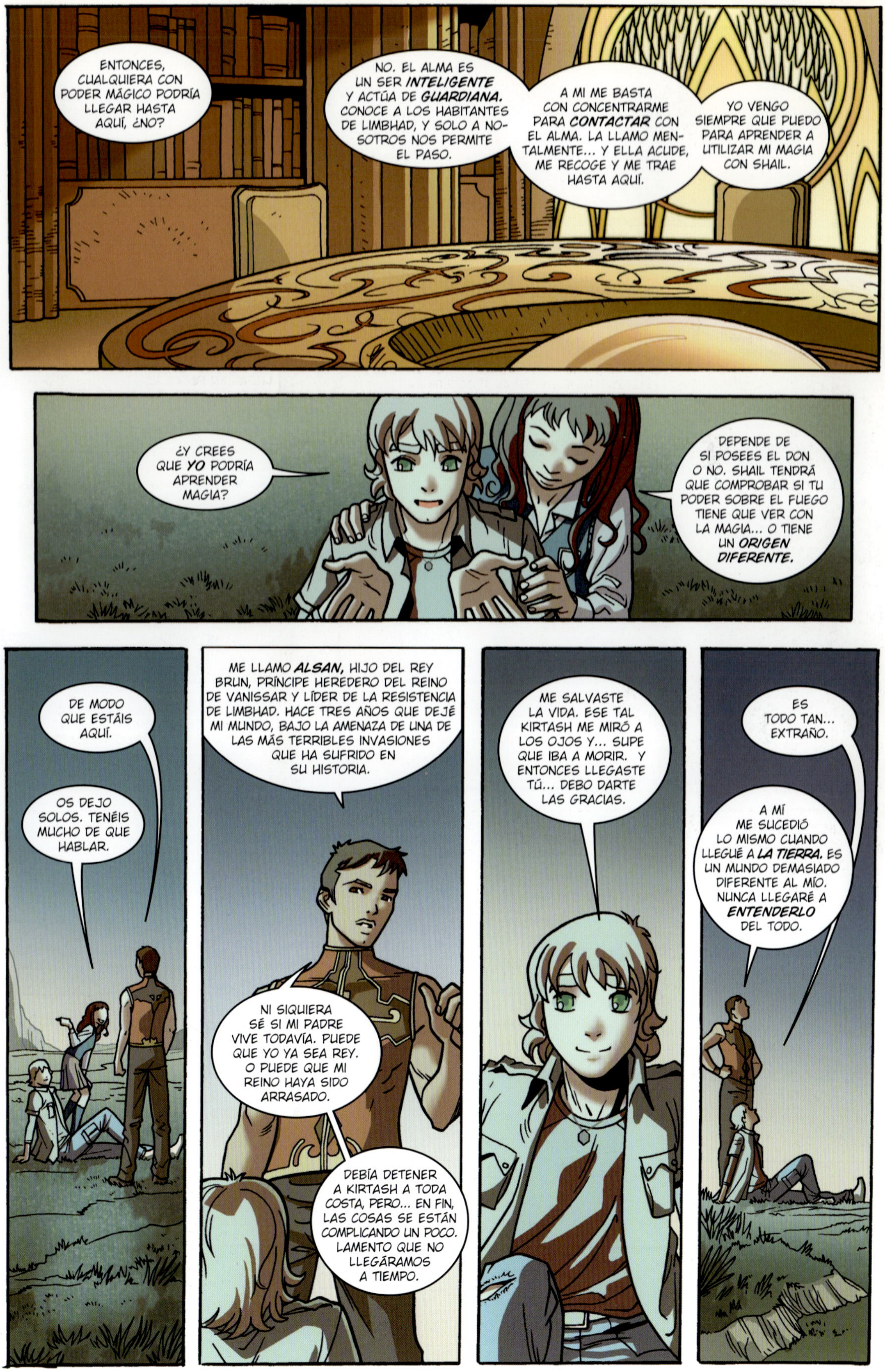
ENTONCES, CUALQUIERA CON PODER MÁGICO PODRÍA LLEGAR HASTA AQUÍ, ¿NO?
NO. EL ALMA ES UN SER *INTELIGENTE* Y ACTÚA DE ***GUARDIANA.*** CONOCE A LOS HABITANTES DE LIMBHAD, Y SOLO A NOSOTROS NOS PERMITE EL PASO.
A MÍ ME BASTA CON CONCENTRARME PARA ***CONTACTAR*** CON EL ALMA. LA LLAMO MENTALMENTE... Y ELLA ACUDE, ME RECOGE Y ME TRAE HASTA AQUÍ.
YO VENGO SIEMPRE QUE PUEDO PARA APRENDER A UTILIZAR MI MAGIA CON SHAIL.
¿Y CREES QUE ***YO*** PODRÍA APRENDER MAGIA?
DEPENDE DE SI POSEES EL DON O NO. SHAIL TENDRÁ QUE COMPROBAR SI TU PODER SOBRE EL FUEGO TIENE QUE VER CON LA MAGIA... O TIENE UN ***ORIGEN DIFERENTE.***
DE MODO QUE ESTÁIS AQUÍ.
OS DEJO SOLOS. TENÉIS MUCHO DE QUE HABLAR.
ME LLAMO ***ALSAN,*** HIJO DEL REY BRUN, PRÍNCIPE HEREDERO DEL REINO DE VANISSAR Y LÍDER DE LA RESISTENCIA DE LIMBHAD. HACE TRES AÑOS QUE DEJÉ MI MUNDO, BAJO LA AMENAZA DE UNA DE LAS MÁS TERRIBLES INVASIONES QUE HA SUFRIDO EN SU HISTORIA.
NI SIQUIERA SÉ SI MI PADRE VIVE TODAVÍA. PUEDE QUE YO YA SEA REY. O PUEDE QUE MI REINO HAYA SIDO ARRASADO.
DEBÍA DETENER A KIRTASH A TODA COSTA, PERO... EN FIN, LAS COSAS SE ESTÁN COMPLICANDO UN POCO. LAMENTO QUE NO LLEGÁRAMOS A TIEMPO.
ME SALVASTE LA VIDA. ESE TAL KIRTASH ME MIRÓ A LOS OJOS Y... SUPE QUE IBA A MORIR. Y ENTONCES LLEGASTE TÚ... DEBO DARTE LAS GRACIAS.
ES TODO TAN... EXTRAÑO.
A MÍ ME SUCEDIÓ LO MISMO CUANDO LLEGUÉ A ***LA TIERRA.*** ES UN MUNDO DEMASIADO DIFERENTE AL MÍO. NUNCA LLEGARÉ A ***ENTENDERLO*** DEL TODO.

¿QUÉ VOY A HACER AHORA? SHAIL DICE QUE NO PUEDO VOLVER A CASA. KIRTASH VA DETRÁS DE MÍ. PERO NO PUEDO QUEDARME AQUÍ PARA SIEMPRE.
¿QUÉ QUIERES HACER? ¿LUCHAR?
PUEDO ENSEÑARTE. PARA QUE, SI DECIDES SALIR AHÍ FUERA, AL MENOS TENGAS UNA OPORTUNIDAD.
¿LUCHAR? ¿CÓMO? ¿CON LA ESPADA? PENSABA QUE SOLO LA MAGIA PUEDE DERROTAR A KIRTASH.
ES QUE YO NO UTILIZO CUALQUIER ESPADA.
LA ARMERÍA DE LIMBHAD ESTÁ LLENA DE ARMAS MÁGICAS, ALGUNAS LEGENDARIAS, QUE LLEGARON HASTA AQUÍ DE ALGUNA MANERA EN LOS TIEMPOS ANTIGUOS.
"¿ARMAS MÁGICAS? ¿DE VERDAD EXISTEN? ¿NO SERÍA MÁS EFECTIVA UNA PISTOLA?"
"SÉ LO QUE SON LAS PISTOLAS, Y NO ME GUSTAN. NO HAY NADA DE NOBLE NI VALIENTE EN MATAR A DISTANCIA. ADEMÁS, KIRTASH ACABARÍA CONTIGO ANTES DE QUE LOGRASES DISPARAR."
"EN CAMBIO, LAS ARMAS LEGENDARIAS OTORGAN CIERTA PROTECCIÓN A QUIEN LAS LLEVA. EL PROPIO KIRTASH MANEJA A VECES UNA ESPADA MÁGICA."
"Y HASTA LOS ASESINOS COMO ÉL DEBEN CUMPLIR LAS REGLAS QUE RIGEN ESE TIPO DE ARMAS. LA PRIMERA ES QUE, SI DOS ESPADAS LEGENDARIAS SE ENCUENTRAN, DEBE HABER UN DUELO LEAL ENTRE AMBAS."
"AUNQUE ODIE DECIRLO, KIRTASH ES UN GRAN LUCHADOR, A PESAR DE SER TAN JOVEN. PERO A MÍ TAMBIÉN ME ENTRENARON BIEN."
BUENO. EN PRIMER LUGAR, QUIERO AVERIGUAR SI PUEDO O NO APRENDER MAGIA. TAMBIÉN ME GUSTARÍA DESCUBRIR CUÁL ES, EXACTAMENTE MI RELACIÓN CON IDHÚN. PERO, EN CUALQUIER CASO, ME GUSTARÍA TAMBIÉN QUE ME ENSEÑARAS A LUCHAR CON LA ESPADA.
¿ME AYUDARÉIS A BUSCAR RESPUESTAS?
"TE AYUDAREMOS EN TODO LO QUE ESTÉ EN NUESTRAS MANOS, JACK."
"BIENVENIDO A LA RESISTENCIA."

MADRID, 4 MESES DESPUÉS.
III. VICTORIA
¡VICTORIA! ESTÁ EN LAS NUBES...
ESTE ES MI MUNDO. A VECES LO ODIO Y ME ASUSTA.
SÉ QUE ESO NO ES BUENO, PORQUE NO DEBO VIVIR DE ESPALDAS A ÉL. PERO NO PUEDO EVITARLO.
CUANDO QUIERO ESCAPAR DE ÉL, ME VOY A LIMBHAD. MI REFUGIO. TODA MI VIDA ESTÁ ALLÍ."
DECÍAMOS QUE MEJOR ENTRAMOS EN EL CINE, ¿NO? ¿TÚ QUÉ DICES?
ID VOSOTRAS.
¿VUELVES A CASA?
ME PARECE QUE SÍ. LE HE DICHO A MI ABUELA QUE NO TARDARÍA MUCHO.
BUENO, PUES ENTONCES NOS VAMOS.
HASTA EL LUNES.
ROOOOOOOM
ROOO
¡NOOO...!
HIIIIIICKK
FUOOSH
PERO, ¿QUÉ DIANTRES...?
SHHHH
SHHHH
SHHHH

ESTO SOLO PUEDE HABER SIDO MAGIA.
TENGO QUE CONTÁRSELO A SHAIL CUANTO ANTES.
ES COMO SI DE REPENTE UNA CORRIENTE DE AIRE HELADO PASARA A TRAVÉS DE MÍ. CONOZCO ESA SENSACIÓN.
LA HE EXPERIMENTADO ANTES. DOS AÑOS ATRÁS. Y ***JAMÁS*** LA OLVIDARÉ.

KRRSSSH
ZUUOOOOOOOOOOM

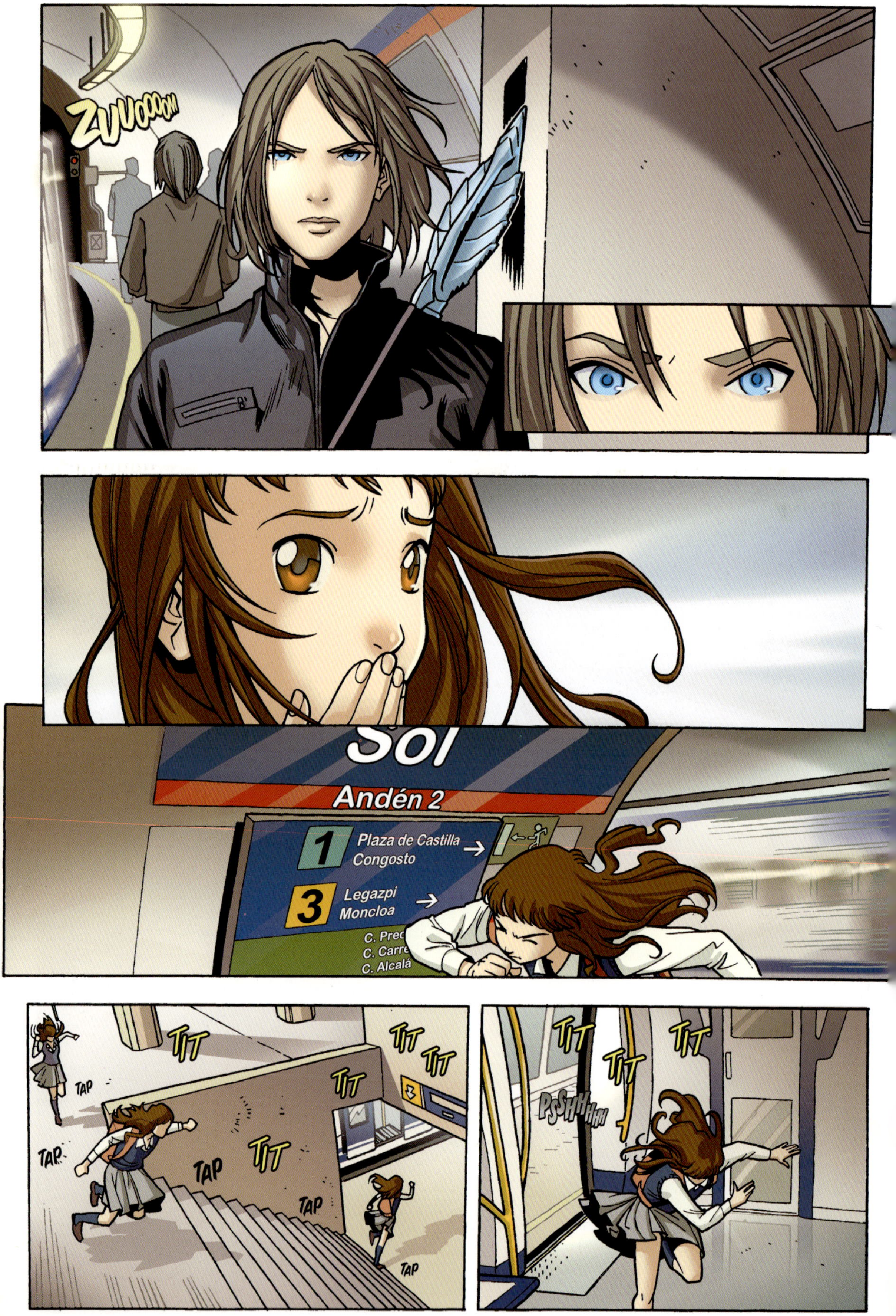
ZUUOOOOM
Sol
Andén 2
1 Plaza de Castilla
Congosto
3 Legazpi
Moncloa
C. Alcalá
TIT
TAP
TAP
TIT
TIT
TIT
TAP
TIT
TAP
TAP
TIT
TIT
TIT
PSSHHHHH

TIT TIT TIT TIT
PSSHHHHH
PSSHHHHH
LE HE DADO ESQUINAZO. PERO NO POR MUCHO TIEMPO.
TU TUM TU TUM TU TUM TU TUM
BAJARÁ EN LA SIGUIENTE ESTACIÓN Y VOLVERÁ A BUSCARME.
¡TENGO QUE ESCAPAR DE AQUÍ CUANTO ANTES!
Metro
Sol
¡TAXI!

¡NIÑA! ¡NIÑA! ¿QUÉ TE PASA?
EN EL METRO... ME... PERSEGUÍA...
¿QUIÉN? ¿QUIÉN, VICTORIA?
UN... HOMBRE. NO SÉ QUÉ QUERÍA, QUIZÁ ROBARME... ME HA DADO MUCHO MIEDO.
¿HA SIDO MUY LEJOS, VICTORIA? PODRÍA AVERIGUAR DÓNDE VIVES. O HABERTE SEGUIDO HASTA AQUÍ.
NO, YO... NO LO CREO, ABUELA. FUE EN LA ESTACIÓN DE METRO DE SOL. PERO...
HAY MUCHA GENTE RARA POR AHÍ. NO TE PREOCUPES, HIJA. YA HA PASADO, ¿DE ACUERDO? YA ESTÁS EN CASA. AQUÍ NO VA A PASARTE NADA MALO.
SI QUIERES PODEMOS IR A LA POLICÍA Y PONER UNA DENUNCIA. ¿RECUERDAS CÓMO ERA ESE HOMBRE?
NO. NO LO RECUERDO. TODO HA SIDO MUY RÁPIDO, ABUELA.

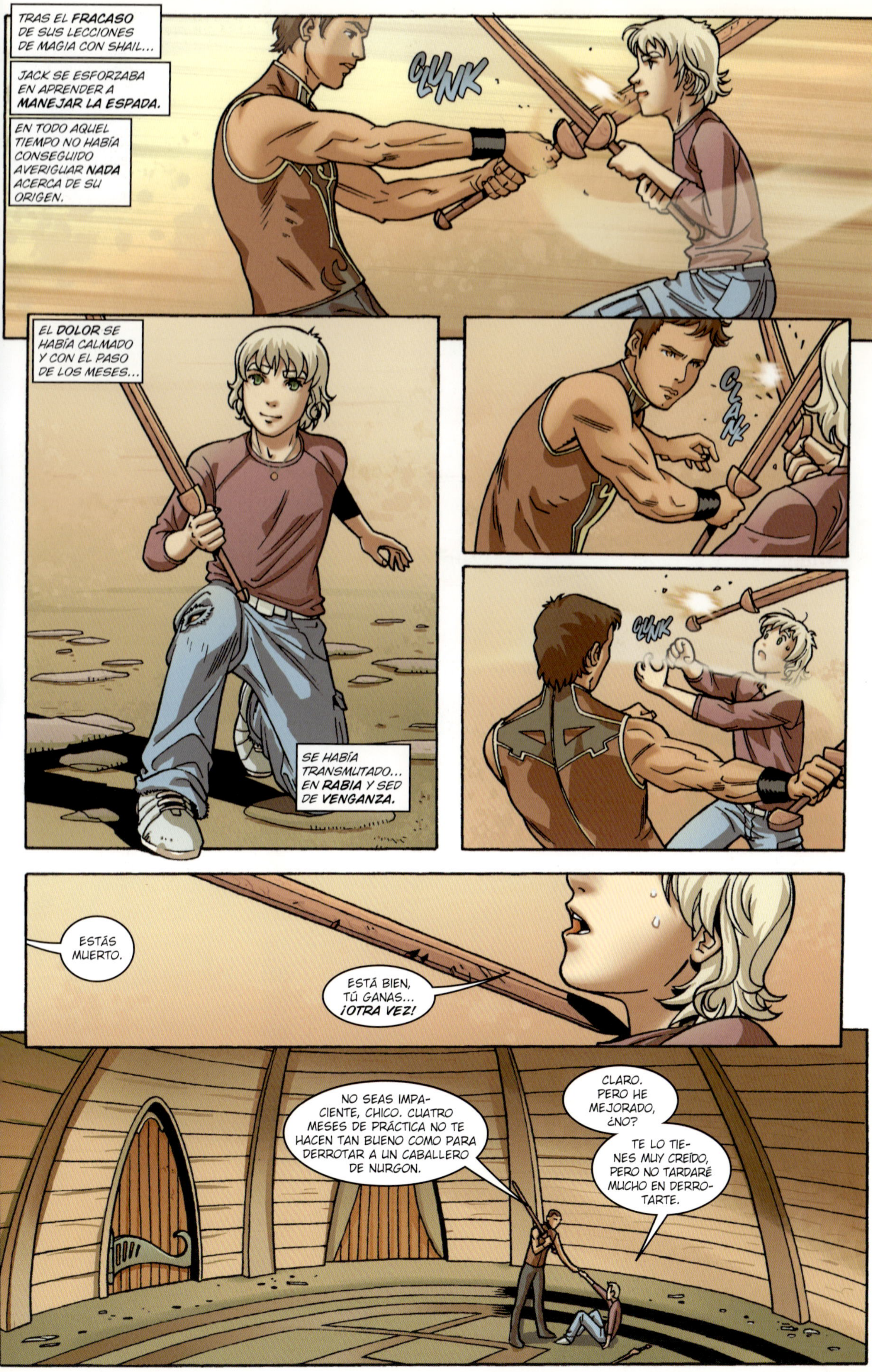

TRAS EL FRACASO DE SUS LECCIONES DE MAGIA CON SHAIL...
JACK SE ESFORZABA EN APRENDER A MANEJAR LA ESPADA.
EN TODO AQUEL TIEMPO NO HABÍA CONSEGUIDO AVERIGUAR NADA ACERCA DE SU ORIGEN.
CLUNK
EL DOLOR SE HABÍA CALMADO Y CON EL PASO DE LOS MESES...
SE HABÍA TRANSMUTADO... EN RABIA Y SED DE VENGANZA.
CLANK
CLUNK
ESTÁS MUERTO.
ESTÁ BIEN, TÚ GANAS... ¡OTRA VEZ!
NO SEAS IMPACIENTE, CHICO. CUATRO MESES DE PRÁCTICA NO TE HACEN TAN BUENO COMO PARA DERROTAR A UN CABALLERO DE NURGON.
CLARO. PERO HE MEJORADO, ¿NO?
TE LO TIENES MUY CREÍDO, PERO NO TARDARÉ MUCHO EN DERROTARTE.

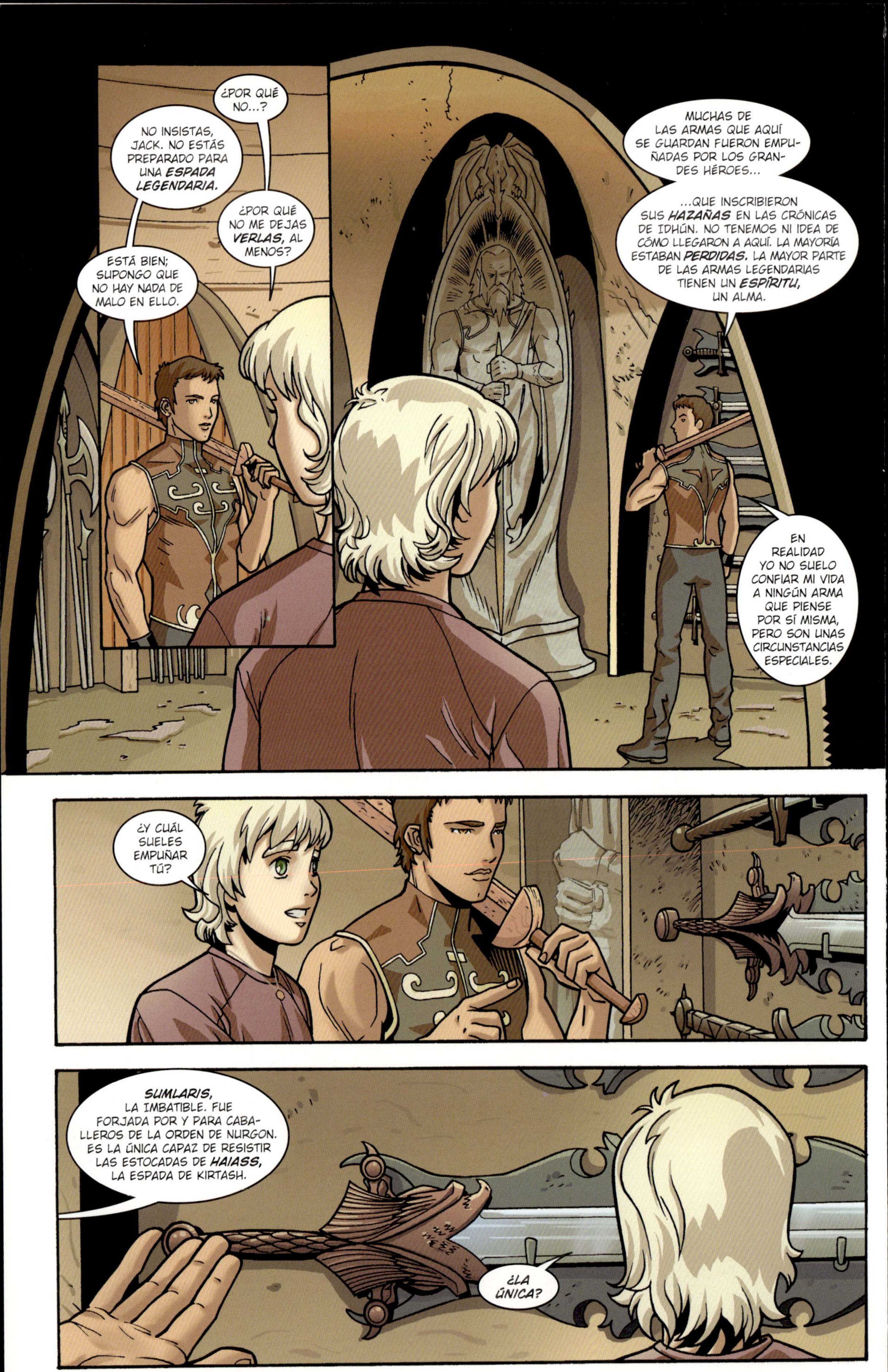
¿POR QUÉ NO...?
NO INSISTAS, JACK. NO ESTÁS PREPARADO PARA UNA *ESPADA LEGENDARIA.*
¿POR QUÉ NO ME DEJAS *VERLAS,* AL MENOS?
ESTÁ BIEN; SUPONGO QUE NO HAY NADA DE MALO EN ELLO.
MUCHAS DE LAS ARMAS QUE AQUÍ SE GUARDAN FUERON EMPU-ÑADAS POR LOS GRAN-DES HÉROES...
...QUE INSCRIBIERON SUS *HAZAÑAS* EN LAS CRÓNICAS DE IDHÚN. NO TENEMOS NI IDEA DE CÓMO LLEGARON A AQUÍ. LA MAYORÍA ESTABAN *PERDIDAS.* LA MAYOR PARTE DE LAS ARMAS LEGENDARIAS TIENEN UN *ESPÍRITU,* UN ALMA.
EN REALIDAD YO NO SUELO CONFIAR MI VIDA A NINGÚN ARMA QUE PIENSE POR SÍ MISMA, PERO SON UNAS CIRCUNSTANCIAS ESPECIALES.
¿Y CUÁL SUELES EMPUÑAR TÚ?
SUMLARIS, LA IMBATIBLE. FUE FORJADA POR Y PARA CABA-LLEROS DE LA ORDEN DE NURGON. ES LA ÚNICA CAPAZ DE RESISTIR LAS ESTOCADAS DE *HAIASS,* LA ESPADA DE KIRTASH.
¿LA ÚNICA?

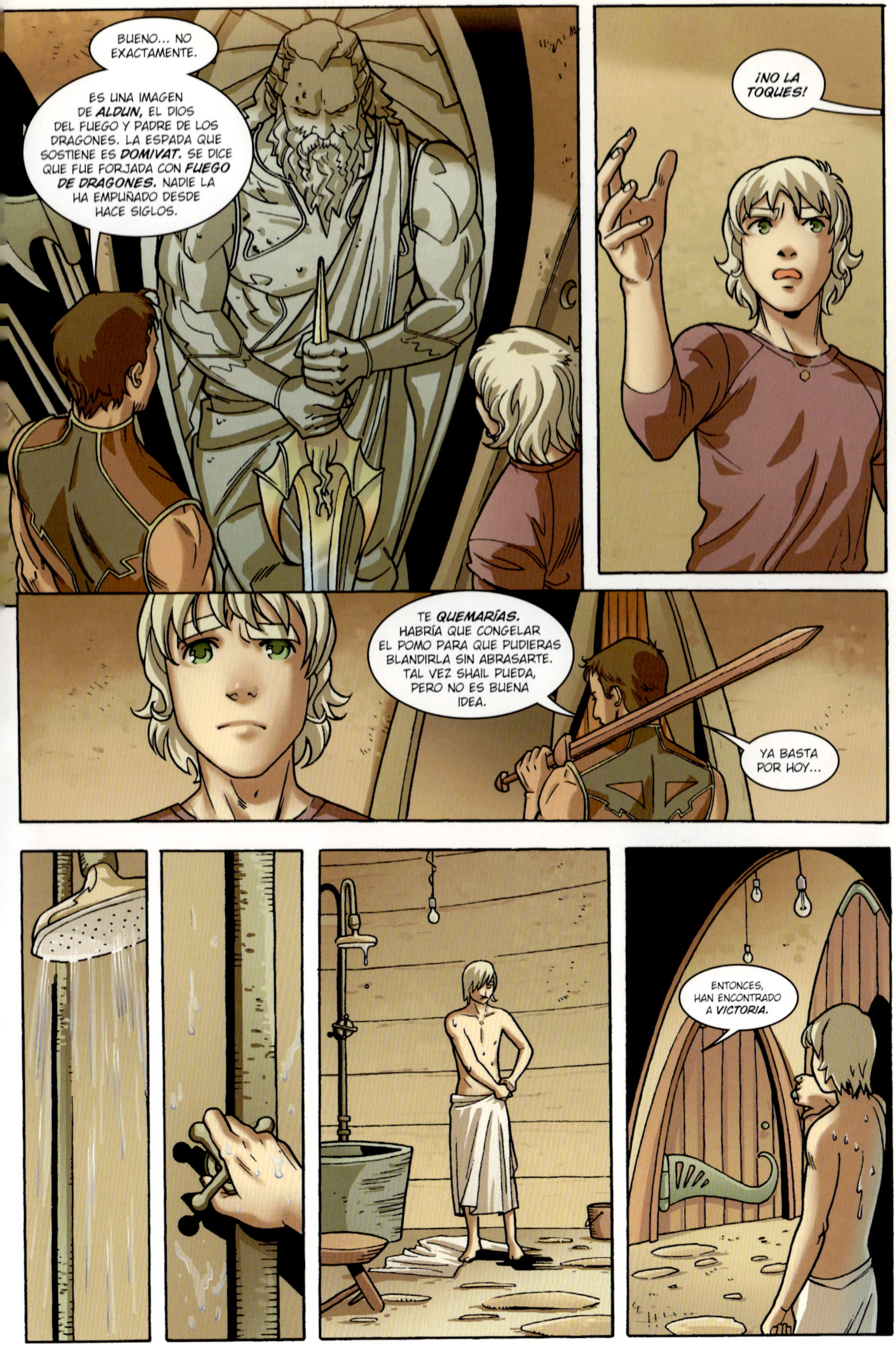
BUENO... NO EXACTAMENTE.
ES UNA IMAGEN DE ALDUN, EL DIOS DEL FUEGO Y PADRE DE LOS DRAGONES. LA ESPADA QUE SOSTIENE ES DOMIVAT. SE DICE QUE FUE FORJADA CON FUEGO DE DRAGONES. NADIE LA HA EMPUÑADO DESDE HACE SIGLOS.
¡NO LA TOQUES!
TE QUEMARÍAS. HABRÍA QUE CONGELAR EL POMO PARA QUE PUDIERAS BLANDIRLA SIN ABRASARTE. TAL VEZ SHAIL PUEDA, PERO NO ES BUENA IDEA.
YA BASTA POR HOY...
ENTONCES, HAN ENCONTRADO A VICTORIA.

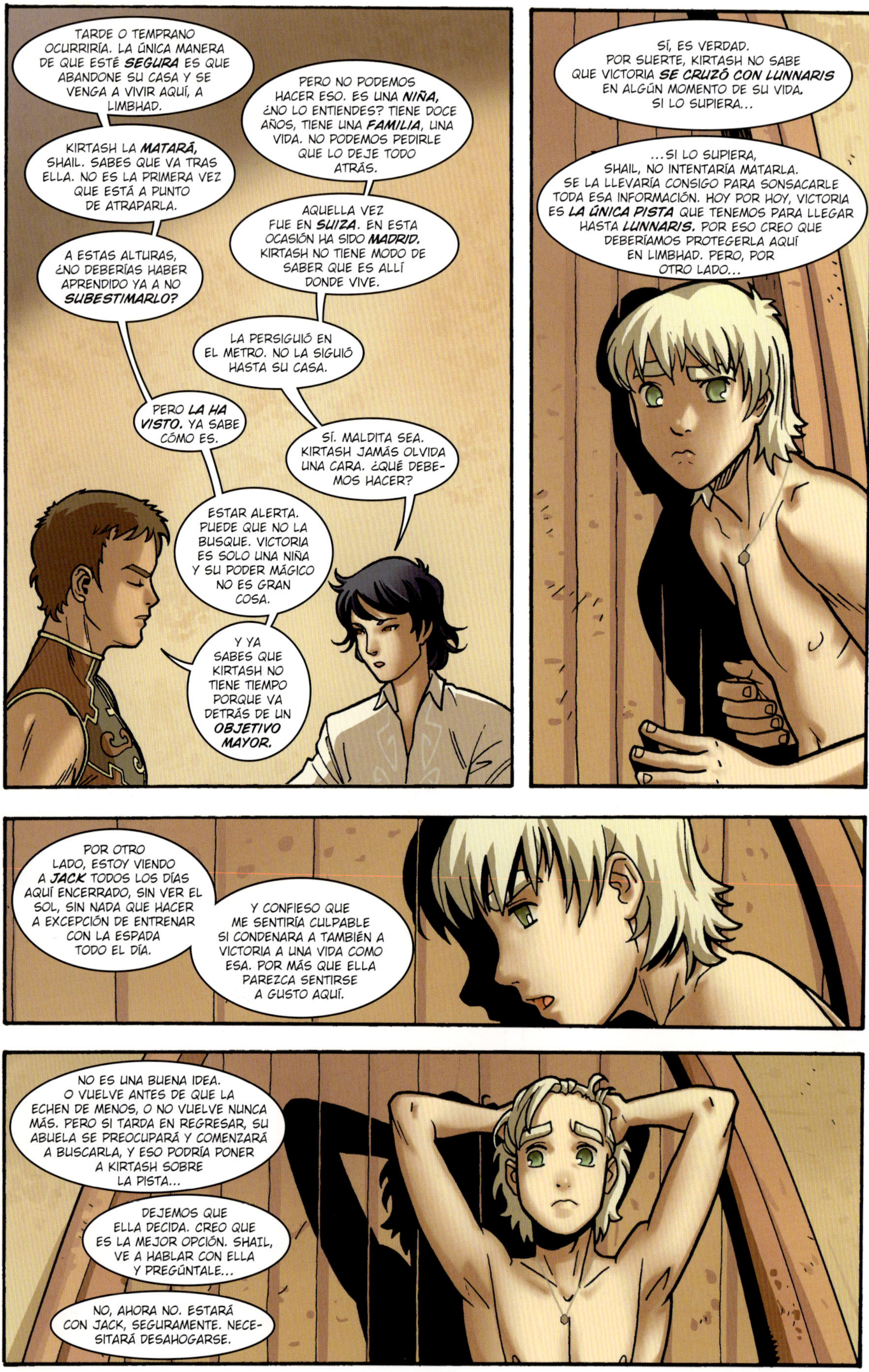
TARDE O TEMPRANO OCURRIRÍA. LA ÚNICA MANERA DE QUE ESTÉ **SEGURA** ES QUE ABANDONE SU CASA Y SE VENGA A VIVIR AQUÍ, A LIMBHAD.
PERO NO PODEMOS HACER ESO. ES UNA **NIÑA,** ¿NO LO ENTIENDES? TIENE DOCE AÑOS, TIENE UNA **FAMILIA**, UNA VIDA. NO PODEMOS PEDIRLE QUE LO DEJE TODO ATRÁS.
KIRTASH LA **MATARÁ,** SHAIL. SABES QUE VA TRAS ELLA. NO ES LA PRIMERA VEZ QUE ESTÁ A PUNTO DE ATRAPARLA.
AQUELLA VEZ FUE EN **SUIZA**. EN ESTA OCASIÓN HA SIDO **MADRID.** KIRTASH NO TIENE MODO DE SABER QUE ES ALLÍ DONDE VIVE.
A ESTAS ALTURAS, ¿NO DEBERÍAS HABER APRENDIDO YA A NO **SUBESTIMARLO?**
LA PERSIGUIÓ EN EL METRO. NO LA SIGUIÓ HASTA SU CASA.
PERO **LA HA VISTO.** YA SABE CÓMO ES.
SÍ. MALDITA SEA. KIRTASH JAMÁS OLVIDA UNA CARA. ¿QUÉ DEBEMOS HACER?
ESTAR ALERTA. PUEDE QUE NO LA BUSQUE. VICTORIA ES SOLO UNA NIÑA Y SU PODER MÁGICO NO ES GRAN COSA.
Y YA SABES QUE KIRTASH NO TIENE TIEMPO PORQUE VA DETRÁS DE UN **OBJETIVO MAYOR.**
SÍ, ES VERDAD. POR SUERTE, KIRTASH NO SABE QUE VICTORIA **SE CRUZÓ CON LUNNARIS** EN ALGÚN MOMENTO DE SU VIDA. SI LO SUPIERA...
...SI LO SUPIERA, SHAIL, NO INTENTARÍA MATARLA. SE LA LLEVARÍA CONSIGO PARA SONSACARLE TODA ESA INFORMACIÓN. HOY POR HOY, VICTORIA ES **LA ÚNICA PISTA** QUE TENEMOS PARA LLEGAR HASTA **LUNNARIS.** POR ESO CREO QUE DEBERÍAMOS PROTEGERLA AQUÍ EN LIMBHAD. PERO, POR OTRO LADO...
POR OTRO LADO, ESTOY VIENDO A **JACK** TODOS LOS DÍAS AQUÍ ENCERRADO, SIN VER EL SOL, SIN NADA QUE HACER A EXCEPCIÓN DE ENTRENAR CON LA ESPADA TODO EL DÍA.
Y CONFIESO QUE ME SENTIRÍA CULPABLE SI CONDENARA A TAMBIÉN A VICTORIA A UNA VIDA COMO ESA. POR MÁS QUE ELLA PAREZCA SENTIRSE A GUSTO AQUÍ.
NO ES UNA BUENA IDEA. O VUELVE ANTES DE QUE LA ECHEN DE MENOS, O NO VUELVE NUNCA MÁS. PERO SI TARDA EN REGRESAR, SU ABUELA SE PREOCUPARÁ Y COMENZARÁ A BUSCARLA, Y ESO PODRÍA PONER A KIRTASH SOBRE LA PISTA...
DEJEMOS QUE ELLA DECIDA. CREO QUE ES LA MEJOR OPCIÓN. SHAIL, VE A HABLAR CON ELLA Y PREGÚNTALE...
NO, AHORA NO. ESTARÁ CON JACK, SEGURAMENTE. NECESITARÁ DESAHOGARSE.

LAS MATEMÁTICAS SOLO DAN PROBLEMAS...
SÉ LO QUE HA PASADO. ¿TE HA HECHO DAÑO ESE MALNACIDO? ¿ESTÁS BIEN?
MATEMÁTICAS
NO. NO LLEGÓ A ALCANZARME.
¿MEJOR?
MIAUU
¿CÓMO HA CONSEGUIDO ENCONTRARTE?
HICE ALGO... MÁGICO, SUPONGO. UN COCHE IBA A ATROPELLARME Y USÉ UN ESCUDO INVISIBLE DE PROTECCIÓN. NI SIQUIERA SÉ QUÉ HECHIZO UTILICÉ.
SHAIL DICE QUE ESO ES "MAGIA INSTINTIVA". PERO QUÉ MALA SUERTE. ¡PARA UNA VEZ QUE LO CONSIGO Y TIENE QUE SER EN LA TIERRA!
ESTA VEZ HA ESTADO A PUNTO DE ATRAPARME.
¿CÓMO TE ENCONTRÓ LA OTRA VEZ?

"TODO EMPEZÓ CUANDO VIVÍA EN UN ORFANATO REGENTADO POR MONJAS. ENTONCES TENÍA SOLO SIETE AÑOS."
ORFANATO
ESTUDIO FÉNIX'09
"UN NIÑO SE CAYÓ DE LO ALTO DEL TOBOGÁN DEL PATIO DE RECREO Y EMPEZÓ A LLORAR. YO NO PODÍA SOPORTAR MÁS AQUELLOS GRITOS. ME ACERQUÉ A ÉL Y... BUENO, NO SÉ EXACTAMENTE LO QUE HICE."
"DESDE ESE MOMENTO TODOS MIS COMPAÑEROS ME TRATARON DE MANERA DIFERENTE. Y ALGO CAMBIÓ EN MÍ. ERA COMO SI HUBIESE DESPERTADO A UNA BESTIA DORMIDA. DESPUÉS DE ESO ME TRASLADARON A OTRO ORFANATO CERCA DE MADRID. Y ENTONCES ME ADOPTÓ ALLEGRA D'ASCOLI, UNA BENEFACTORA DE LAS MONJAS."
"HACE DOS AÑOS, MI ABUELA Y YO HABÍAMOS IDO DE VACACIONES A UN BALNEARIO EN SUIZA. ME APUNTÉ A LA EXCURSIÓN QUE ORGANIZABA EL HOTEL."
"AL DESVIARME DE LA RUTA, OÍ UN GRITO. UNA MUJER INGLESA SE HABÍA DESPEÑADO."
"LA ENCONTRÉ ANTES QUE NADIE. ESTABA INCONSCIENTE Y TENÍA UNA HERIDA MUY FEA EN LA SIEN. NO LO DUDÉ: LA CURÉ."
"INTUÍA QUE ESTABA EN PELIGRO, ASÍ QUE ECHÉ A CORRER. SENTÍA QUE ALGUIEN ME SEGUÍA. NOTABA UN ALIENTO GÉLIDO ACERCÁNDOSE MÁS Y MÁS. NO TARDARÍA EN ALCANZARME."
"Y ENTONCES... LLEGÓ SHAIL. ME TRAJO A LIMBHAD Y NADA VOLVIÓ A SER IGUAL. YA NO ESTABA SOLA EN EL MUNDO. TENÍA A SHAIL Y A ALSAN; TENÍA LIMBHAD E IDHÚN."

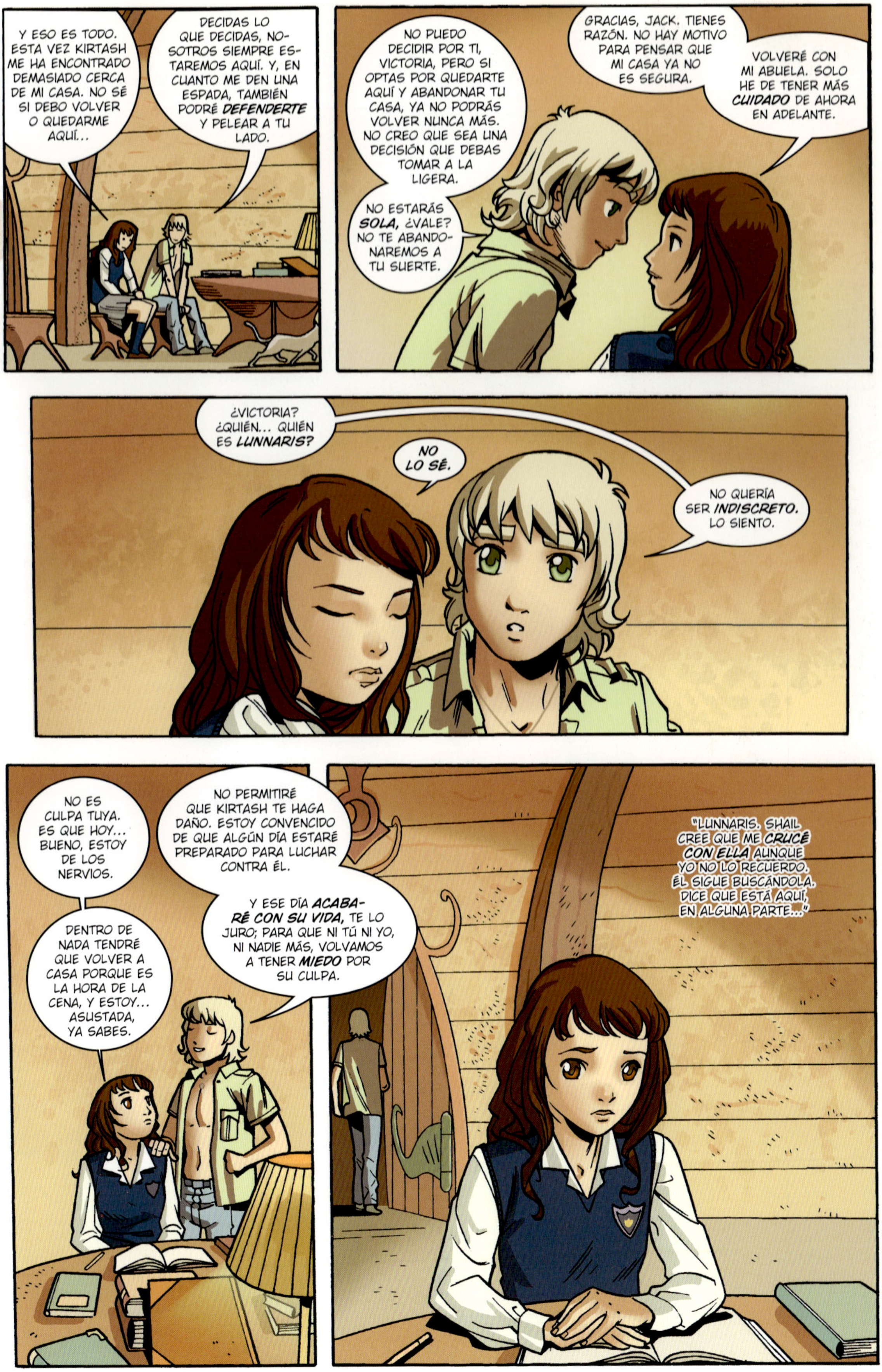

Y ESO ES TODO. ESTA VEZ KIRTASH ME HA ENCONTRADO DEMASIADO CERCA DE MI CASA. NO SÉ SI DEBO VOLVER O QUEDARME AQUÍ...
DECIDAS LO QUE DECIDAS, NOSOTROS SIEMPRE ESTAREMOS AQUÍ. Y, EN CUANTO ME DEN UNA ESPADA, TAMBIÉN PODRÉ DEFENDERTE Y PELEAR A TU LADO.
NO PUEDO DECIDIR POR TI, VICTORIA, PERO SI OPTAS POR QUEDARTE AQUÍ Y ABANDONAR TU CASA, YA NO PODRÁS VOLVER NUNCA MÁS. NO CREO QUE SEA UNA DECISIÓN QUE DEBAS TOMAR A LA LIGERA.
NO ESTARÁS SOLA, ¿VALE? NO TE ABANDONAREMOS A TU SUERTE.
GRACIAS, JACK. TIENES RAZÓN. NO HAY MOTIVO PARA PENSAR QUE MI CASA YA NO ES SEGURA.
VOLVERÉ CON MI ABUELA. SOLO HE DE TENER MÁS CUIDADO DE AHORA EN ADELANTE.
¿VICTORIA? ¿QUIÉN... QUIÉN ES LUNNARIS?
NO LO SÉ.
NO QUERÍA SER INDISCRETO. LO SIENTO.
NO ES CULPA TUYA. ES QUE HOY... BUENO, ESTOY DE LOS NERVIOS.
DENTRO DE NADA TENDRÉ QUE VOLVER A CASA PORQUE ES LA HORA DE LA CENA, Y ESTOY... ASUSTADA, YA SABES.
NO PERMITIRÉ QUE KIRTASH TE HAGA DAÑO. ESTOY CONVENCIDO DE QUE ALGÚN DÍA ESTARÉ PREPARADO PARA LUCHAR CONTRA ÉL.
Y ESE DÍA ACABARÉ CON SU VIDA, TE LO JURO; PARA QUE NI TÚ NI YO, NI NADIE MÁS, VOLVAMOS A TENER MIEDO POR SU CULPA.
"LUNNARIS. SHAIL CREE QUE ME CRUCÉ CON ELLA AUNQUE YO NO LO RECUERDO. ÉL SIGUE BUSCÁNDOLA. DICE QUE ESTÁ AQUÍ, EN ALGUNA PARTE..."

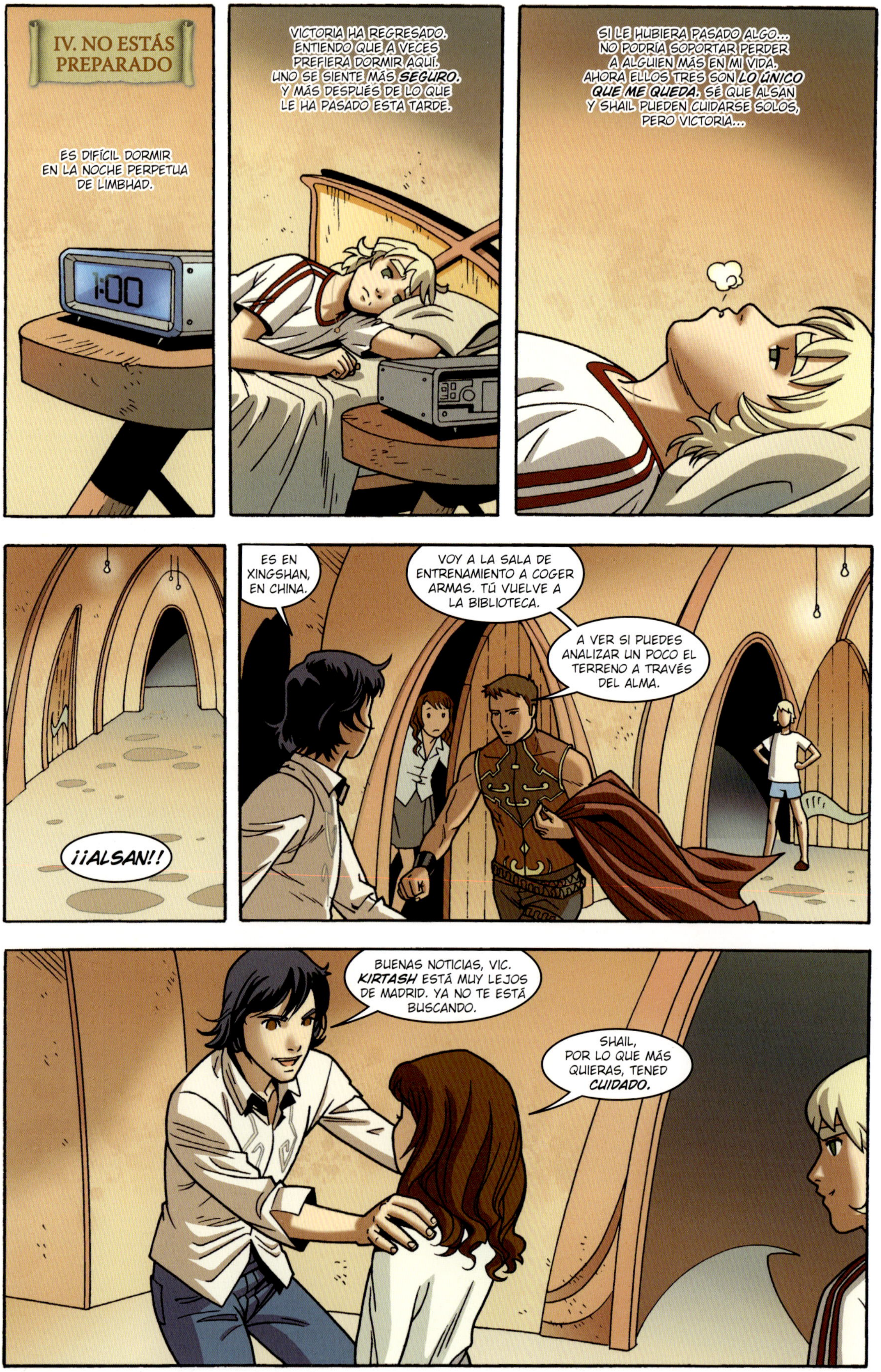
IV. NO ESTÁS PREPARADO
ES DIFÍCIL DORMIR EN LA NOCHE PERPETUA DE LIMBHAD.
1:00
VICTORIA HA REGRESADO. ENTIENDO QUE A VECES PREFIERA DORMIR AQUÍ. UNO SE SIENTE MÁS **SEGURO.** Y MÁS DESPUÉS DE LO QUE LE HA PASADO ESTA TARDE.
SI LE HUBIERA PASADO ALGO... NO PODRÍA SOPORTAR PERDER A ALGUIEN MÁS EN MI VIDA. AHORA ELLOS TRES SON **LO ÚNICO QUE ME QUEDA.** SÉ QUE ALSAN Y SHAIL PUEDEN CUIDARSE SOLOS, PERO VICTORIA...
¡¡ALSAN!!
ES EN XINGSHAN, EN CHINA.
VOY A LA SALA DE ENTRENAMIENTO A COGER ARMAS. TÚ VUELVE A LA BIBLIOTECA.
A VER SI PUEDES ANALIZAR UN POCO EL TERRENO A TRAVÉS DEL ALMA.
BUENAS NOTICIAS, VIC. **KIRTASH** ESTÁ MUY LEJOS DE MADRID. YA NO TE ESTÁ BUSCANDO.
SHAIL, POR LO QUE MÁS QUIERAS, TENED **CUIDADO.**

ESPERO QUE UNA DE ESAS SEA *PARA MÍ.*
¿Y *CUÁNDO* VOY A ESTARLO? ¡LLEVO CUATRO MESES AQUÍ ENCERRADO SIN VER LA LUZ DEL DÍA!
NI LO SUEÑES, CHICO. TODAVÍA *NO ESTÁS PREPARADO.*
CLAP
¡NO SOPORTO QUEDARME AQUÍ MIENTRAS VOSOTROS OS ENFRENTÁIS A ELLOS, UNA Y OTRA VEZ! *¡NECESITO... HACER ALGO!*
ESTÁS HACIENDO ALGO, JACK. TE ESTÁS *ENTRENANDO.*
¡SI DE VERDAD PERTENEZCO A LA RESISTENCIA, DÉJAME IR CON VOSOTROS!
TAMPOCO VICTORIA VIENE CON NOSOTROS A LAS MISIONES, Y LLEVA EN LA RESISTENCIA MÁS TIEMPO QUE TÚ.
¡PERO VICTORIA ES SOLO UNA *NIÑA!* ELLA NO SABE MANEJAR UNA ESPADA, Y *YO SÍ.*
NO, JACK. NO ESTÁS PREPARADO. ES MI ÚLTIMA PALABRA.
¿POR QUÉ NO ME DICES LO QUE REALMENTE PIENSAS? ¿QUE SOY UN *CRÍO* Y NO OS *SIRVO PARA NADA?*
ESO NO ES CIERTO. HABLAREMOS CUANDO VUELVA. AHORA TENGO PRISA: LA VIDA DE ALGUIEN CORRE PELIGRO.
RECUERDA QUE, EN TU CASO, SI HUBIÉSEMOS LLEGADO UN POCO MÁS TARDE, TE HABRÍAMOS ENCONTRADO *MUERTO.*
¿Y DE QUÉ SIRVIÓ, EH? ME SALVASTEIS LA VIDA PARA ENCERRARME EN ESTA TUMBA. *¡ESTABA MEJOR MUERTO!*
PLAAF
SI QUIERES SER ÚTIL A LA RESISTENCIA, JACK, TE QUEDARÁS AQUÍ. MUERTO *NO NOS SIRVES.*

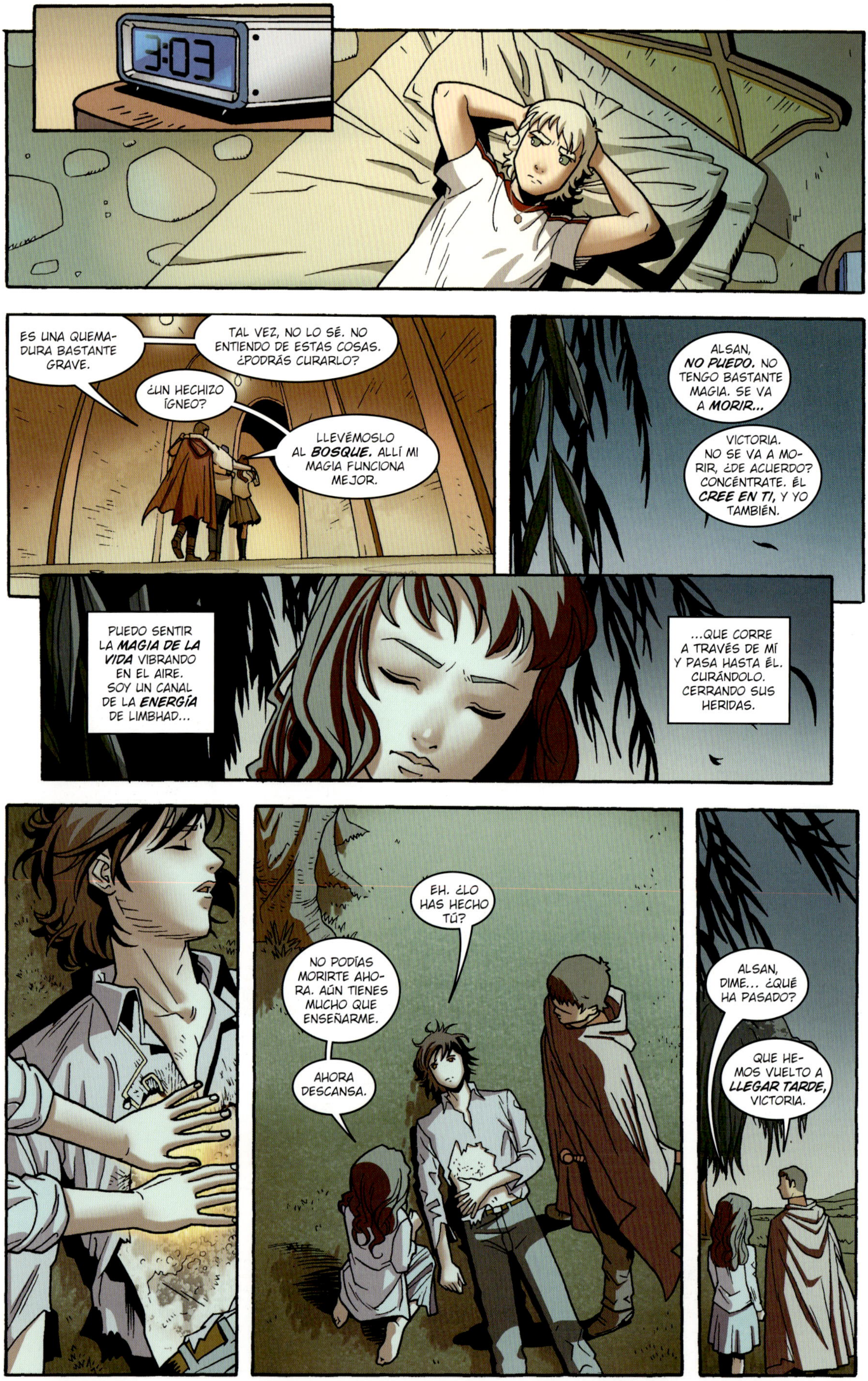

3:03
ES UNA QUEMADURA BASTANTE GRAVE.
TAL VEZ, NO LO SÉ. NO ENTIENDO DE ESTAS COSAS. ¿PODRÁS CURARLO?
¿UN HECHIZO ÍGNEO?
LLEVÉMOSLO AL **BOSQUE.** ALLÍ MI MAGIA FUNCIONA MEJOR.
ALSAN, **NO PUEDO.** NO TENGO BASTANTE MAGIA. SE VA A **MORIR...**
VICTORIA. NO SE VA A MORIR, ¿DE ACUERDO? CONCÉNTRATE. ÉL **CREE EN TI,** Y YO TAMBIÉN.
PUEDO SENTIR LA **MAGIA DE LA VIDA** VIBRANDO EN EL AIRE. SOY UN CANAL DE LA **ENERGÍA** DE LIMBHAD...
...QUE CORRE A TRAVÉS DE MÍ Y PASA HASTA ÉL. CURÁNDOLO. CERRANDO SUS HERIDAS.
EH. ¿LO HAS HECHO TÚ?
NO PODÍAS MORIRTE AHORA. AÚN TIENES MUCHO QUE ENSEÑARME.
AHORA DESCANSA.
ALSAN, DIME... ¿QUÉ HA PASADO?
QUE HEMOS VUELTO A **LLEGAR TARDE,** VICTORIA.

3:45
¿JACK? ¿ESTÁS DORMIDO?
NO, NO ESTOY DORMIDO.
¿TODAVÍA ESTÁS ENFADADO?
CONTIGO, NO.
ALSAN Y SHAIL HAN VUELTO DE CHINA. POR POCO NO LO CUENTAN, PORQUE TUVIERON QUE LUCHAR CONTRA ELRION Y KIRTASH, Y SHAIL SALIÓ HERIDO.
¿Y CÓMO ESTÁ AHORA?
HE CONSEGUIDO CURARLO, PERO ESTÁ DÉBIL. TARDARÁ EN RECUPERARSE.
BIEN POR TI. ERES MEJOR MAGA DE LO QUE CREES.
ALSAN ESTÁ ENFADADO. LA MISIÓN HA SALIDO MAL. LLEGARON TARDE.
¿QUÉ..., QUIÉN ERA?
HECHICEROS CELESTES. UN GRUPO DE CINCO, TAL VEZ UNA FAMILIA, NO ESTÁN SEGUROS.
"LOS CELESTES SON CRIATURAS PACÍFICAS QUE JAMÁS INTERVIENEN EN UNA PELEA."
KIRTASH SE ESTABA DESHACIENDO DE LOS CUERPOS CUANDO LLEGARON ELLOS. PROBABLEMENTE YA ESTABAN MUERTOS CUANDO EL ALMA LO DETECTÓ.
VOY A VER CÓMO SIGUE SHAIL. SI QUIERES IR A VERLO, SERÁ MEJOR QUE ESPERES A QUE RECUPERE LA CONCIENCIA.
VALE. BUENAS NOCHES.

¿TODAVÍA ESTÁS ASÍ, CHICO? VAS A LLEGAR TARDE AL ENTRENAMIENTO.
PERO...
TE ESPERO EN LA SALA DE PRÁCTICAS. NO TARDES.
¡EN GUARDIA!
CRAAAK
NO ESTÁS PREPARADO.

DURANTE VARIOS DÍAS, JACK ESTUVO TAN OBSESIONADO CON SU ENTRENAMIENTO QUE NO HABLÓ CON NADIE, NI SIQUIERA CON VICTORIA.
SE ENCERRABA SOLO, EN LA SALA DE ENTRENAMIENTO, Y PRACTICABA SIN PARAR, HASTA QUE LOS BRAZOS LE DOLÍAN TANTO QUE APENAS PODÍA SUJETAR LA ESPADA. ENTRENABA HASTA EL AGOTAMIENTO.
CUANDO EL DESALIENTO LE VENCÍA, SE ENFADABA Y LLORABA, DE PURA RABIA, POR NO CUMPLIR LAS EXPECTATIVAS DE ALSAN, POR CREER QUE NO MERECÍA PERTENECER A LA RESISTENCIA.
ASÍ, UN DÍA Y OTRO DÍA, HASTA QUE...
¿ALSAN?
¿SHAIL?
¿VICTORIA?
NO HAY NADIE. SEGURO QUE SE HAN IDO A UNA DE SUS MISIONES A LA QUE, POR SUPUESTO, NO ME HAN INVITADO. SIEMPRE ME DEJAN AL MARGEN. YA ESTOY HARTO.
TENGO QUE HACER ALGO QUE LES DEMUESTRE QUE SOY ÚTIL. ¿PERO, QUÉ? TAL VEZ SI BUSCARA INFORMACIÓN... SÍ, ESO ES. SIEMPRE LLEGAN TARDE PARA SALVAR A LAS VÍCTIMAS DE KIRTASH.
SI YO PUDIERA... NUNCA LO HE INTENTADO, PERO PUEDO PROBARLO.
¡LUZ!

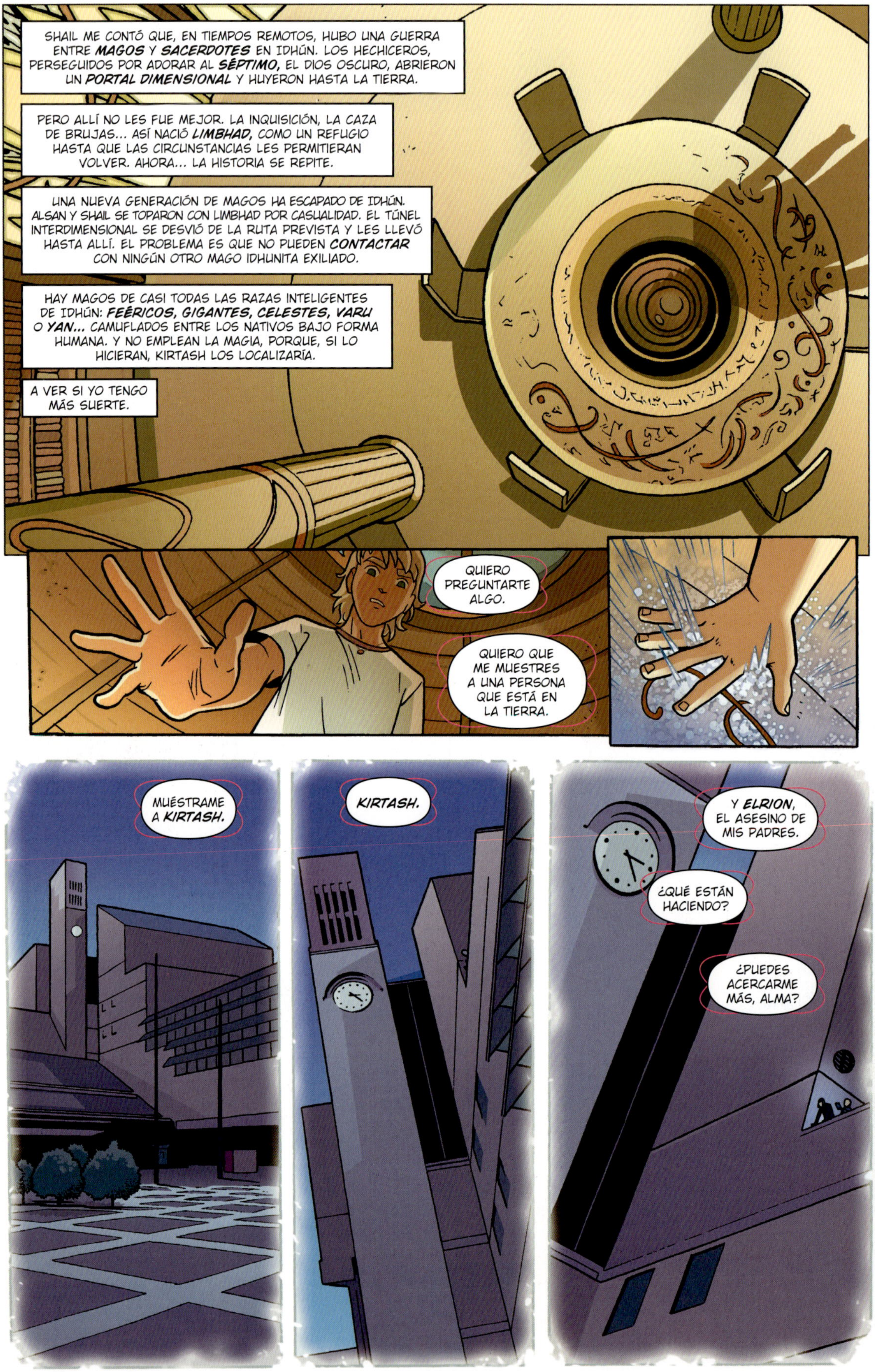
SHAIL ME CONTÓ QUE, EN TIEMPOS REMOTOS, HUBO UNA GUERRA ENTRE MAGOS Y SACERDOTES EN IDHÚN. LOS HECHICEROS, PERSEGUIDOS POR ADORAR AL SÉPTIMO, EL DIOS OSCURO, ABRIERON UN PORTAL DIMENSIONAL Y HUYERON HASTA LA TIERRA.
PERO ALLÍ NO LES FUE MEJOR. LA INQUISICIÓN, LA CAZA DE BRUJAS... ASÍ NACIÓ LIMBHAD, COMO UN REFUGIO HASTA QUE LAS CIRCUNSTANCIAS LES PERMITIERAN VOLVER. AHORA... LA HISTORIA SE REPITE.
UNA NUEVA GENERACIÓN DE MAGOS HA ESCAPADO DE IDHÚN. ALSAN Y SHAIL SE TOPARON CON LIMBHAD POR CASUALIDAD. EL TÚNEL INTERDIMENSIONAL SE DESVIÓ DE LA RUTA PREVISTA Y LES LLEVÓ HASTA ALLÍ. EL PROBLEMA ES QUE NO PUEDEN CONTACTAR CON NINGÚN OTRO MAGO IDHUNITA EXILIADO.
HAY MAGOS DE CASI TODAS LAS RAZAS INTELIGENTES DE IDHÚN: FEÉRICOS, GIGANTES, CELESTES, VARU O YAN... CAMUFLADOS ENTRE LOS NATIVOS BAJO FORMA HUMANA. Y NO EMPLEAN LA MAGIA, PORQUE, SI LO HICIERAN, KIRTASH LOS LOCALIZARÍA.
A VER SI YO TENGO MÁS SUERTE.
QUIERO PREGUNTARTE ALGO.
QUIERO QUE ME MUESTRES A UNA PERSONA QUE ESTÁ EN LA TIERRA.
MUÉSTRAME A KIRTASH.
KIRTASH.
Y ELRION, EL ASESINO DE MIS PADRES.
¿QUÉ ESTÁN HACIENDO?
¿PUEDES ACERCARME MÁS, ALMA?

TENÍAMOS COMPAÑÍA.
YO NO HE SENTIDO NADA.
NO ME SORPRENDE.
NO ERA UN SER FÍSICO, SINO UNA CONCIENCIA. UN MIEMBRO DE LA RESISTENCIA NOS ESTABA ESPIANDO.
¡LA RESISTENCIA! SON SOLO UN GRUPO DE MUCHACHOS. JAMÁS...
NO LOS SUBESTIMES. TAMBIÉN YO SOY JOVEN.
¿CREES QUE SE HA ENTERADO DE ALGO IMPORTANTE?
ESO ESPERO.
¿TODAVÍA ESTÁS MOLESTO POR LO DE SILKEBORG? VOY APRENDIENDO. HASTA HE CAMBIADO MI TÚNICA POR ESTA RIDÍCULA ROPA TERRÁQUEA. ¿POR QUÉ NO CONFÍAS EN MÍ?
TENGO MIS PROPIOS PLANES, Y NO SON DE TU INCUMBENCIA. NO QUIERO INTERFERENCIAS ESTA VEZ.
ESTÁ BIEN. AUNQUE ESAS NO ERAN LAS ÓRDENES DE ASHRAN.

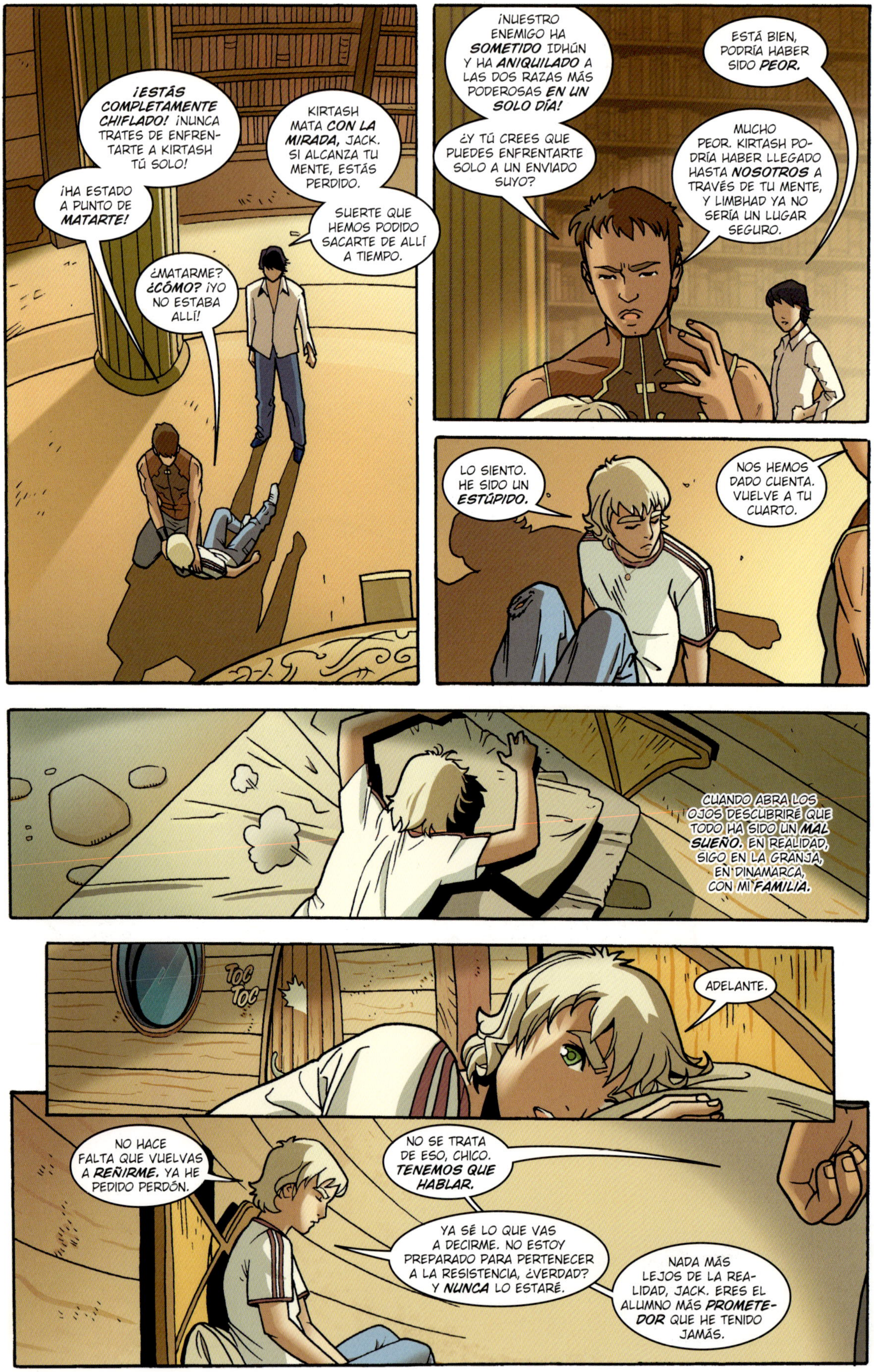
¡ESTÁS COMPLETAMENTE CHIFLADO! ¡NUNCA TRATES DE ENFRENTARTE A KIRTASH TÚ SOLO!
¡HA ESTADO A PUNTO DE MATARTE!
KIRTASH MATA CON LA MIRADA, JACK. SI ALCANZA TU MENTE, ESTÁS PERDIDO.
SUERTE QUE HEMOS PODIDO SACARTE DE ALLÍ A TIEMPO.
¿MATARME? ¿CÓMO? ¡YO NO ESTABA ALLÍ!
¡NUESTRO ENEMIGO HA SOMETIDO IDHÚN Y HA ANIQUILADO A LAS DOS RAZAS MÁS PODEROSAS EN UN SOLO DÍA!
¿Y TÚ CREES QUE PUEDES ENFRENTARTE SOLO A UN ENVIADO SUYO?
ESTÁ BIEN, PODRÍA HABER SIDO PEOR.
MUCHO PEOR. KIRTASH PODRÍA HABER LLEGADO HASTA NOSOTROS A TRAVÉS DE TU MENTE, Y LIMBHAD YA NO SERÍA UN LUGAR SEGURO.
LO SIENTO. HE SIDO UN ESTÚPIDO.
NOS HEMOS DADO CUENTA. VUELVE A TU CUARTO.
CUANDO ABRA LOS OJOS DESCUBRIRÉ QUE TODO HA SIDO UN MAL SUEÑO. EN REALIDAD, SIGO EN LA GRANJA, EN DINAMARCA, CON MI FAMILIA.
TOC TOC
ADELANTE.
NO HACE FALTA QUE VUELVAS A REÑIRME. YA HE PEDIDO PERDÓN.
NO SE TRATA DE ESO, CHICO. TENEMOS QUE HABLAR.
YA SÉ LO QUE VAS A DECIRME. NO ESTOY PREPARADO PARA PERTENECER A LA RESISTENCIA, ¿VERDAD? Y NUNCA LO ESTARÉ.
NADA MÁS LEJOS DE LA REALIDAD, JACK. ERES EL ALUMNO MÁS PROMETEDOR QUE HE TENIDO JAMÁS.

EN ABSOLUTO. HE ENTRENADO A MUCHOS MUCHACHOS DE TU EDAD EN MI REINO, CHICO. NINGUNO DE ELLOS POSEÍA TU TEMPLE Y TU FUERZA DE VOLUNTAD.
¿ME ESTÁS TOMANDO EL PELO?
¿POR QUÉ NO ME LO HAS DICHO ANTES?
PORQUE HAY ALGO QUE NO ME GUSTA DE TI: ESA RABIA QUE TE CIEGA Y TE LLEVA A COMETER IMPRUDENCIAS QUE TE PUEDEN COSTAR LA VIDA.
HE TENIDO QUE HUMILLARTE PARA QUE APRENDAS A TENER PACIENCIA. PERO RECONOZCO QUE NO ESPERABA QUE ESPIARAS A KIRTASH A TRAVÉS DEL ALMA.
QUERÍA SER ÚTIL DE ALGUNA FORMA.
Y LO ERES, JACK. SI TE MANTENGO ALEJADO ES PORQUE ESTÁS OBSESIONADO CON KIRTASH.
MIENTRAS SIGAS SIENDO ASÍ DE TEMERARIO, ÉL TENDRÁ TODAS LAS DE GANAR. Y POR OTRO LADO... NO QUIERO PERDER ANTES DE TIEMPO AL GRAN GUERRERO QUE VAS A SER... Y AL AMIGO QUE YA ERES PARA MÍ.
COMPRENDO. HE METIDO LA PATA, ¿VERDAD?
TODOS NOS EQUIVOCAMOS, CHICO. ESO ES LO DE MENOS. LO QUE REALMENTE IMPORTA ES QUE SAQUES ALGO EN CLARO DE TODO ESTO. ¿ENTIENDES?
ENTIENDO. NO VOLVERÉ A DEFRAUDARTE, ALSAN. TE LO PROMETO.
LO SÉ, CHICO. CUENTO CONTIGO Y SÉ QUE NO ME FALLARÁS.
¿PUEDO HABLAR CONTIGO UN MOMENTO?
CLARO. PASA.
LLEVO VARIOS DÍAS IGNORÁNDOTE, PORQUE ESTABA OBSESIONADO CON MI ENTRENAMIENTO. QUIERO QUE SEPAS...
...QUE ME HE COMPORTADO COMO UN ESTÚPIDO, Y QUERÍA PEDIRTE PERDÓN.
ESTABA PREOCUPADA POR TI, PERO NO QUERÍA ENTROMETERME PORQUE...
TE DOY PERMISO PARA QUE TE ENTROMETAS TODO LO QUE QUIERAS. ALSAN DICE QUE SOY IMPULSIVO Y TEMERARIO, Y QUE CONSEGUIRÉ QUE ME MATEN.
COMO TÚ ERES MUCHO MÁS SENSATA QUE YO, ME VENDRÁ BIEN QUE ME ATES CORTO.
PERO LUEGO NO TE QUEJES, ¿EH?
GRACIAS POR NO GUARDARME RENCOR.
NO HAY DE QUÉ, JACK. SOMOS AMIGOS, ¿NO?
ERES LA MEJOR AMIGA QUE HE TENIDO NUNCA.
LO HAS VISTO, ¿VERDAD? ¿DÓNDE ESTABA? ¿QUÉ HACÍA?
NO ESTOY SEGURO. TAL VEZ NO FUERA NADA IMPORTANTE... ESTABA CON ELRION.

"LOS DOS MIRABAN *UN LIBRO,* UN LIBRO ESCRITO EN IDHUNAICO. PARECÍA UN TRATADO DE MAGIA, O ALGO ASÍ."
DIME, ¿TE SUENA DE ALGO ESE SITIO?
NO. LO MIRARÉ EN INTERNET.
VARIOS DÍAS DESPUÉS.
LO HAS ENCONTRADO.
NO HA SIDO DIFÍCIL. ¿SABES QUÉ ES? ***¡LA BIBLIOTECA BRITÁNICA!***
¿QUÉ HARÍA KIRTASH EN UN SITIO COMO ESE?
Llega a la Biblioteca Británica un libro centenario escrito en un idioma desconocido
El volumen fue hallado en el interior de una vasija
¿LA DESAPARICIÓN DE PARRELL? ¿NO SABEN SI ESTÁ MUERTO?
CREO QUE... TAMBIÉN LO HE DESCUBIERTO.
EL DE LA FOTO ES EL ***DR. PARRELL,*** UN INVESTIGADOR QUE ESTABA SEGURO DE PODER DESCIFRARLO.
EN OTRA NOTICIA, DE HACE TRES DÍAS, HABLA DE LA DESAPARICIÓN DEL LIBRO... Y DE PARRELL.
KIRTASH NUNCA DEJA HUELLAS DE SU PASO, LO DARÁN POR DESAPARECIDO, PERO JAMÁS PODRÁN PROBAR QUE MURIÓ.
ESPERA. ¿PUEDES HACER MÁS GRANDE ESA IMAGEN?
¡SAGRADA IRIAL! SI ES CIERTO LO QUE DICE AHÍ...
ESO ES EL ***LIBRO DE LA TERCERA ERA,*** ESCRITO POR LOS MAGOS IDHUNITAS QUE SE EXILIARON A LA TIERRA HACE SIGLOS. ES UN DIARIO QUE RECOGE SUS EXPERIENCIAS.
SE LLEVARON CONSIGO ***OBJETOS MÁGICOS*** DE GRAN VALOR. ESE LIBRO DA ALGUNA PISTA SOBRE ELLOS...
ESTÁ CLARO QUE TENEMOS QUE IR CUANTO ANTES A ***INVESTIGAR*** ESTO.
JACK, VE A TU CUARTO Y COGE ALGO DE ABRIGO. VICTORIA Y TÚ VENÍS CON NOSOTROS.
¡NOS VAMOS A ***LONDRES...!***

¡CONTINUARÁ!

80

gute Wünsche zum Geburtstag

Viel Glück & viel Segen!

benno

1

Mögest du

... in deinem Herzen
das vergangene Lebensjahr
in Dankbarkeit bewahren.
Mit jedem Jahr wachsen die Gaben,
die Gott dir schenkte,
um alle, die du liebst,
mit Freude zu erfüllen.

Irischer Segenswunsch

2

Viel Glück wünsch ich dir

Die Liebe ist das Flügelpaar,
das Gott der Seele gegeben hat.

Michelangelo Buonarroti

3

Bleibe jung im Herzen

Man bleibt jung, solange man noch lernen,
neue Gewohnheiten annehmen und
Wiederspruch ertragen kann.

Marie von Ebner-Eschenbach

4

Lass dein Herz sprechen

Zufriedenheit erwächst
nicht aus Dingen,
sondern nur aus der Tiefe unserer Seele.

Mark W. Bonner

5

Bleib immer zuversichtlich

Nicht das Straucheln ist entscheidend,
sondern das Wiederaufrichten,
nicht die Resignation,
sondern die Hoffnung.

Franz Kardinal König

6

Bleib offen für Überraschungen

Bewahre in allen Dingen
die Freiheit des Geistes
und sieh zu, wohin er dich führt.

Ignatius von Loyola

7

Lach auch immer wieder über dich selbst

Humor ist die Kunst,
sich ohne Spiegel
selber ins Gesicht zu lachen.

Paul Hörbiger

8

Bleib, wie du bist

Wünsche nicht,
etwas anderes zu sein,
als du bist, aber
versuche, dies so gut
wie möglich zu sein.

Franz von Sales

9

Bewahre deine Weitsicht

Wer gesammelt in der Tiefe lebt,
der sieht auch die kleinen Dinge
in großen Zusammenhängen.

Edith Stein

10

Lache auch einmal über dich selbst

Alles fügt sich und erfüllt sich.
Jetzt sind die guten alten Zeiten,
nach denen wir uns in zehn Jahren
zurücksehnen werden.

Peter Ustinov

11

Nimm jeden Tag als ein Geschenk Gottes

Grüßen wir jeden neuen Tag
mit Freude und Hoffnung,
denn er ist ein Geschenk Gottes.

Franz von Sales

12

Bleib begeisterungsfähig

Wir werden nicht älter mit den Jahren,
wir werden neuer jeden Tag.

Emily Dickinson

13

Blicke dankbar zurück

Wer jeden Abend sagen kann,
ich habe gelebt, dem bringt jeder
Morgen einen neuen Gewinn.

Lucius Annaeus Seneca

Freu dich über jede Stunde

Freu dich über jede Stunde,
die du lebst auf dieser Welt.
Freu dich, dass die Sonne aufgeht,
und auch, dass der Regen fällt!
Freu dich an jedem Morgen,
dass ein neuer Tag beginnt.
Freu dich an den
Frühlingsblumen
und am kalten Winterwind!

Traditioneller Segenswunsch

15

Gönne dir Oasen der Stille

Die Stille ist nicht
auf den Gipfeln der Berge,
der Lärm nicht
auf den Märkten der Städte;
beides ist in den Herzen der Menschen.

Laotse

16

Geniesse deine Zeit

Gegen ein hohes Alter
kann man nichts machen.
Aber man kann versuchen,
möglichst lange alt zu sein.

Johannes XXIII.

17

Liebe das Lebendige

Es ist wichtiger,
dass jemand sich über
die Rosenblüte freut,
als dass er ihre Wurzel
unter das Mikroskop bringt.

Michelangelo Buonarroti

18

Bewahre das Staunen

Der einfachste und kindlichste
ist der Weg des Staunens
über die Natur
und des ahnungsvollen Lauschens
auf ihre Sprache.

Hermann Hesse

19

Hüte deine Erfahrungen

Erfahrung ist nicht das,
was einem zustößt.
Erfahrung ist das,
was man aus dem macht,
was einem zustößt.

Aldous Huxley

20

Pflege Seele, Leib und Sinne

Drei Pfade hat der Mensch in sich,
in denen sich sein Leben tätigt:
die Seele, den Leib und die Sinne.

Hildegard von Bingen

21

Nutze deine Erfahrungen

Erfahrung ist eine
strenge Lehrmeisterin.
Sie stellt zunächst
die Prüfungsaufgaben
und beginnt danach
mit dem Unterricht.

Altes Sprichwort

22

Bleibe im Gleichgewicht

Der Himmel hat den Menschen
als Gegengewicht
gegen die Mühseligkeit des Lebens
drei Dinge gegeben:
die Hoffnung, den Schlaf und das Lachen.

Immanuel Kant

23

Lösbare Aufgaben wünsch ich dir

Das schwere Leben
ist am leichtesten zu tragen,
wenn man sich schweren Aufgaben stellt.

Peter Rosegger

24

Halte die Balance des Lebens

Leicht zu leben ohne Leichtsinn,
heiter zu sein ohne Ausgelassenheit,
Mut zu haben ohne Übermut –
das ist die Kunst des Lebens.

Theodor Fontane

25

Öffne dein Herz

Je dunkler es hier um uns wird,
desto mehr müssen wir das Herz öffnen
für das Licht von oben.

Edith Stein

26

Lerne vom Einfachen

Das Große geschieht so schlicht
wie das Rieseln des Wassers,
das Fließen der Luft,
das Wachsen des Getreides.

Adalbert Stifter

27

Ich wünsche dir gute und warmherzige Erinnerungen

Lasst das Heute
die Vergangenheit
mit Erinnerungen umarmen
und die Zukunft mit Sehnsucht.

Khalil Gibran

28

Zeit der Ruhe wünsche ich dir

Nur wenn der See
zur Ruhe gekommen ist,
erkennst du im klaren Wasser
dein Gesicht
wie in einem Spiegel.

29

Innerer Friede begleite dich

Der Mensch braucht zu seinem Glück
nichts als den inneren Frieden
und braucht, um ihn zu besitzen,
nichts als sich.

Wilhelm von Humboldt

30

Lebensfreude wünsch ich dir

Drei Dinge sind uns
aus dem Paradies geblieben:
die Sterne der Nacht,
die Blumen des Tages und die Augen
der Kinder.

Dante Alighieri

31

Behalte die Liebe im Herzen

Solange wir das Leben haben,
sollen wir es mit den uns eigenen Farben
der Liebe und der Hoffnung ausmalen.

Marc Chagall

32

Blicke heiter auf dein Leben

Statt zu klagen,
dass wir nicht alles haben,
was wir wollen,
sollten wir lieber dankbar sein,
dass wir nicht alles bekommen,
was wir verdienen.

Dieter Hildebrandt

33

Vertraue deinem Herzen

Nehmen wir uns nicht zu viel vor.
Es genügt die ruhige Suche
nach dem Guten an jedem Tag,
ohne Übertreibung und Ungeduld.

Johannes XXIII.

34

Lebe einfach und glücklich

Ich verstehe nicht, warum die Menschen
so viel Verlangen nach Reichtum haben.

Reichtum ist einfach ein Überfluss an dem,
was wir nicht brauchen.

Abraham Lincoln

35

Lass dich überraschen

Das Leben ist wundervoll.
Es gibt Augenblicke,
da möchte man sterben.
Aber dann geschieht etwas Neues,
und man glaubt, man sei im Himmel.

Edith Piaf

36

Geniesse zu verschenken

Es gibt kein schöneres Vergnügen,
als einen Menschen dadurch
zu überraschen,
dass man ihm mehr gibt,
als er erwartet hat.

Charles Baudelaire

37

Nimm dich nicht immer zu ernst

Die Leute,
die über sich selbst lachen können,
die sind schon auf dem richtigen Weg.

Isabella Schneider

38

Behalte deinen Humor im Herzen

Heiterkeit ist unmittelbarer Gewinn.
Sie allein ist die
bare Münze des Glücks.

Arthur Schopenhauer

39

Gedanken für dich

Ich wünsche, dass dein Glück
sich jeden Tag erneue,
dass eine gute Tat
dich jede Stund erfreue!
Und wenn nicht eine Tat,
so doch ein gutes Wort,
das selbst im Guten wirkt,
zu guten Taten fort.
Und wenn kein Wort,
doch ein Gedanke schön und wahr,
der dir die Seele mach
und rings die Schöpfung klar.

Friedrich Rückert

40

Nimm dir Zeit zu lesen

Das Leben gleicht einem Buch.
Toren durchblättern es flüchtig,
der Weise liest es mit Bedacht,
weil er weiß, dass er es
nur einmal lesen kann.

Jean Paul

41

Erkenne den richtigen Augenblick

Nicht was wir erleben,
sondern wie wir es empfinden,
macht unser Schicksal aus.

Marie von Ebner-Eschenbach

42

Möge das Glück bei dir sein

Seelenruhe, Heiterkeit und Zufriedenheit
sind die Grundlagen allen Glücks,
aller Gesundheit und des langen Lebens.

Christoph Wilhelm Hufeland

43

Sei stolz auf dich

Die Leute, die nicht
zu altern verstehen,
sind die gleichen,
die nicht verstanden haben,
jung zu sein.

Marc Chagall

44

Sei für Überraschungen gut

Die Liebe allein versteht das Geheimnis,
andere zu beschenken und dabei
selbst reich zu werden.

Augustinus

45

Seelenfrieden wünsch ich dir

Du kannst dein Leben nicht
verlängern noch verbreitern,
nur vertiefen.

Gorch Fock

Verliere nie die Hoffnung

Hoffnung ist nicht die Überzeugung,
dass etwas gut ausgeht,
sondern die Gewissheit,
dass etwas Sinn hat,
egal wie es ausgeht.

Václav Havel

47

Zufriedenheit wünsche ich dir

Zufrieden sein ist große Kunst,
zufrieden scheinen großer Dunst,
zufrieden werden großes Glück,
zufrieden bleiben Meisterstück.

Volksweise

48

Bleib optimistisch

Im Grunde des Herzens
eines jeden Winters
liegt ein Frühlingsahnen,
und hinter dem Schleier jeder Nacht
verbirgt sich ein lächelnder Morgen.

Khalil Gibran

49

Vertrau deinen Erfahrungen

Das sind die Weisen,
die durch Irrtum zur Wahrheit reisen.
Die bei dem Irrtum verharren,
das sind die Narren.

Friedrich Rückert

50

Verlass dich auf deine Lebensweisheit

Herr, gib mir die Kraft zu ändern, was ich ändern kann, die Demut anzunehmen, was sich nicht ändern lässt, und die Weisheit, zwischen beiden zu unterscheiden.

Altes Weisheitsgebet

51

Gute Begegnungen wünsche ich dir

Freundschaft verstärkt das Glück
und lindert das Elend,
sie verdoppelt unsere Freude
und halbiert unsere Schmerzen.

Joseph Addison

52

Bleib geduldig

Alles fügt sich und erfüllt sich,
musst es nur erwarten können
und dem Werden deines Glücks
Jahr und Felder reichlich gönnen.

Christian Morgenstern

53

Geniesse die Freude

Immer die kleinen Freuden aufpicken,
bis das große Glück kommt.
Und wenn es nicht kommt,
dann hat man wenigstens
die kleinen Glücke gehabt.

Theodor Fontane

54

Ich wünsche dir Zufriedenheit

Es gibt nur ein Mittel, sich wohlzufühlen:
Man muss lernen,
mit dem Gegebenen zufrieden zu sein,
und nicht immer das verlangen,
was gerade fehlt.

Theodor Fontane

55

Bleib sensibel

Nicht das Vielwissen sättigt die Seele
und gibt ihr Befriedigung,
sondern das innere Schauen
und Verkosten der Dinge.

Ignatius von Loyola

56

Möge der Himmel

den du siehst, immer blau sein,
und mögen deine Träume
sich erfüllen.
Deine Freunde sollen
wahrhaftig sein,
und deine Freude sei vollkommen.
Mögen Glück und Lachen
deine Tage erfüllen –
jetzt und immerdar.

Irischer Segenswunsch

57

Schenke jedem Tag ein Lächeln

Was der Sonnenschein
für die Blumen ist,
das sind lachende Gesichter
für die Menschen.

Joseph Addison

58

Höre auf deine Seele

Täglich eine halbe Stunde auf Gott zu
horchen ist wichtig, außer wenn
man sehr viel zu tun hat,
dann ist eine ganze Stunde nötig.

Franz von Sales

59

Lust am Tun wünsch ich dir

Ich brauche Ruhe und Heiterkeit
der Umgebung und vor allem Liebe,
wenn ich arbeite.

Adalbert Stifter

60

Glaub an die Geheimnisse des Himmels

Schön ist, was wir sehen,
schöner, was wir erkennen,
weitaus am schönsten aber,
was wir nicht fassen können.

Niels Stensen

61

Schöpfe Kraft aus der Natur

Wenn ich zur Ruhe gelangen wollte,
half es mir immer,
Felder, Wasser oder Blumen zu betrachten,
in ihnen fand ich eine Spur des Schöpfers.

Teresa von Ávila

62

Geduld wünsch ich dir

Warten gibt Stärke;
Warten bringt die jungen Trauben zur Reife
und wandelt, was nur sprossender Keim
war, zu kraftvoller Saat.

Ovid

63

Nimm das Leben als Geschenk

Will das Glück nach seinem Sinn
dir was Gutes schenken,
sage Dank und nimm es hin
ohne viel Bedenken.
Jede Gabe sei begrüßt,
doch vor allen Dingen:
Das, worum du dich bemühst,
möge dir gelingen.

Wilhelm Busch

64

Möge das Jahr dich mit seinen Geschenken beglücken:

mit den duftenden Blumen des Frühjahrs,
der wärmenden Sonne des Sommers,
der reichen Ernte des Herbstes.
Der Winter aber schenke dir
die Zeit der Stille für deine Seele.

Irischer Segenswunsch

65

Hoffnung wünsche ich dir für alle Zeit

Gott hat dem Menschen die Kraft gegeben
zu hoffen, immer wieder zu hoffen,
bis das Erhoffte den Schleier
des Vergessens von seinen Augen nimmt
und er sein wahres Selbst erblicken kann.

Khalil Gibran

66

Geh deinen Weg gelassen und ruhig

inmitten des Lärms und der Hast dieser Zeit und erinnere dich, welcher Frieden in der Stille liegt.

Aus der Lebensregel von Baltimore

67

Gute Erinnerungen wünsche ich dir

Wer so lebt, dass er mit Vergnügen
auf sein Leben zurückblickt,
lebt zweimal.

Martial

Jeder Tag möge glückliche Stunden dir schenken,

die das ganze Jahr dich begleiten.
Möge jeder Morgen
dir Freude bringen
und jeder Abend Frieden.
Die Sorgen dagegen sollen
nur wenig sich mehren.
Die Segenswünsche,
die dich erreichen,
mögen sich vervielfachen
und in deinem Herzen
Freude bereiten.

Irischer Segenswunsch

69

Geniesse die Stille

Stille kommt von stehen.
Wer still werden will, muss stehen bleiben,
um schauen und horchen zu können.

Anselm Grün

70

Gott schütze dich

Er bewahre dich
vom Kopf bis zu den Füßen.
Er schenke dir seinen Frieden.

Irischer Segenswunsch

71

Halt auch einmal inne

Ein Stück des Weges
liegt hinter dir,
ein anderes Stück
hast du noch vor dir.
Wenn du verweilst,
dann nur,
um dich zu stärken,
nicht aber,
um aufzugeben.

Augustinus von Hippo

72

Freude für jeden Tag wünsche ich dir

Nicht die Art der Tätigkeit
macht glücklich,
sondern die Freude des Schaffens
und Gelingens.

Carl Hilty

73

Bleib sensibel und aufmerksam

Das Älterwerden ist wie
eine Bergbesteigung: Je höher man kommt,
desto müder und kurzatmiger wird man,
aber dafür weitet sich
der Blick immer mehr.

Ingmar Bergman

74

Glück wünsche ich dir

Glück ist eine stille Stunde,
Glück ist auch ein gutes Buch,
Glück ist Spaß in froher Runde,
Glück ist freundlicher Besuch.

Glück ist niemals ortsgebunden,
Glück kennt keine Jahreszeit,
Glück hat immer der gefunden,
der sich seines Lebens freut.

Clemens Brentano

75

Erkenne dein Glück

Glücklich machen ist das höchste Glück!
Aber auch dankbar
empfangen können ist ein Glück.

Theodor Fontane

76

Entdecke immer wieder Neues

Solange man mit
Augen, Mund und Ohren neugierig ist,
trotzt man dem Alter.

L. Lencester

77

Gönne dich dir selbst

Ich sage nicht:
Tue das immer.
Aber ich sage:
Tue es wieder einmal.
Sei wie für alle anderen Menschen
auch für dich selbst da.
Oder jedenfalls sei es
nach allen anderen.

Bernhard von Clairvaux

78

Gönn dir Pausen

Du kannst beten, während du arbeitest.
Die Arbeit hält das Gebet nicht auf
und das Gebet nicht die Arbeit.

Mutter Teresa

79

Geniesse die Beschaulichkeit

Er gibt wichtigere Dinge im Leben,
als beständig dessen Geschwindigkeit
zu erhöhen.

Mahatma Gandhi

Sieh die hellen Wolken nur

Humor ist eine großartige,
eine befreiende Sache.
In dem Augenblick,
wenn er zutage tritt,
verfliegt all unser Ärger
und Verdruss,
und eine strahlende Heiterkeit
tritt an ihre Stelle.

Mark Twain

Fotonachweis

Umschlag: © Maria Dryfthout/Shutterstock, innen: © Reena/Fotolia, © ULKASTUDIO/Shutterstock,© Arlo Magicman/Fotolia, © Jürgen Flächle/Fotolia, © yanikap/Fotolia, © hjschneider/Fotolia, © gdvcom/Fotolia, © Lsantilli/Fotolia, © Grafvision/Fotolia, © Galyna Andrushko/Fotolia, © auimeesri/Fotolia, © cosma/Fotolia, © Chepko Danil/Fotolia, © Evgenia Smirnova/Fotolia, © Alina G/Fotolia, © ferretcloud/Fotolia, © amnachphoto/Fotolia, © Alina G/Fotolia, © Swetlana Wall/Fotolia, © veneratio/Fotolia, © thomasklee/Fotolia, © TTstudio/Fotolia, © silver-john/Fotolia, © vencav/Fotolia, © liatris/Fotolia, © RFsole/Fotolia, © SerrNovik/Fotolia, © Vitaly Krivosheev/Fotolia, © Grigory Bruev/Fotolia, © Olga Khoroshunova/Fotolia, © klagyivik/Fotolia, © Jasmin Merdan/Fotolia, © DoraZett/Fotolia, © vencav/Fotolia, © Alina G/Fotolia, © yanikap/Fotolia, © Sandra Cunningham/Fotolia, © seqoya/Fotolia, © Jessmine/Fotolia, © Vivian Seefeld/Fotolia, © Mat Hayward/Fotolia, © Beboy/Fotolia, © Fotoimmz/Fotolia, © antb/Shutterstock, © B.Wylezich/Fotolia, © De Visu/Fotolia, © Dmytro Sukharevskyy/Fotolia, © expressiovisual/Fotolia, © Artur Synenko/Fotolia, © mimadeo/Fotolia, © Kushnirov Avraham/Fotolia, © Grecaud Paul/Fotolia, © Evgenia Tiplyashina/Fotolia, © yarkovoy/Fotolia, © DoraZett/Fotolia, © Alexandr79/Fotolia, © Gabriele Matlini/Fotolia, © cosma/Fotolia, © Alvov/Fotolia, © Lilya/Fotolia, © Printemps/Fotolia, © Tilio & Paolo/Fotolia, © Dmytro Tolokonov/Fotolia, © vencav/Fotolia, © wajan/Fotolia, © Jaroslav Grudinski/Fotolia, © Baltazar/Fotolia, © Mykola Mazuryk/Fotolia, © Delphimages/Fotolia, © Sunny Studio/Fotolia, © Ivonne Wierink, © jojjik/Fotolia, © laguna35/Fotolia, © Iakov Kalinin/Fotolia, © Chad McDermott/Fotolia, © Jag_cz/Shutterstock, © Kushnirov Avram, © liatris/Fotolia, © luigi giordano/Fotolia.

Wir danken allen Rechteinhabern für die freundliche Erteilung der Abdruckgenehmigung. Der Verlag hat sich bemüht, alle Rechteinhaber in Erfahrung zu bringen. Für zusätzliche Hinweise sind wir dankbar.

Bibliografische Information der Deutschen Nationalbibliothek
Die Deutsche Nationalbibliothek verzeichnet diese Publikation
in der Deutschen Nationalbibliografie; detaillierte bibliografische
Daten sind im Internet über http://dnb.d-nb.de abrufbar.

Besuchen Sie uns im Internet:
www.st-benno.de

Gern informieren wir Sie unverbindlich und aktuell auch in unserem
Newsletter zum Verlagsprogramm, zu Neuerscheinungen und Aktionen.
Einfach anmelden unter www.vivat.de.

ISBN 978-3-7462-6229-1

Zusammenstellung: Volker Bauch, Gößnitz
Umschlaggestaltung: Ulrike Vetter, Leipzig
Gesamtherstellung: Kontext, Dresden (K)